读 客®

全球顶级畅销小说文库

全球文化，尽收眼底；
顶级经典，尽入囊中！

安珀志

7

BLOOD OF AMBER

安珀血脉

【美】罗杰·泽拉兹尼 著

张子漠 译

北京联合出版公司
Beijing United Publishing Co.,Ltd.

图书在版编目（ＣＩＰ）数据

安珀志.7,安珀血脉 / (美)泽拉兹尼著；张子漠译.
-- 北京：北京联合出版公司,2016.1
（读客全球顶级畅销小说文库）
ISBN 978-7-5502-6482-3

Ⅰ.①安… Ⅱ.①泽… ②张… Ⅲ.①长篇小说—美
国—现代 Ⅳ.①I712.45

中国版本图书馆CIP数据核字(2015)第250941号

Original Title: Blood of Amber
copyright ©1986 by Roger Zelazny
Simplified Chinese edition published in agreement with Zeno Agency Ltd and The
Grayhawk Agency

中文版权©2015上海读客图书有限公司
经授权，上海读客图书有限公司拥有本书的中文（简体）版权
著作版权合同登记号：01-2015-7050

安珀血脉
作者：[美]罗杰·泽拉兹尼
译者：张子漠
责任编辑·王巍
选题策划：读客图书　021-33608311
特约编辑：读客姚红成　读客江培芳
封面设计：读客刘倩
封面插画：读客周丁乾
版式设计：读客陈宇婕
责任校对：绳刚　张新元

北京联合出版公司出版
（北京市西城区德外大街83号楼9层　100088）
北京海石通印刷有限公司　新华书店经销
2016年1月第1版　2016年1月第1次印刷
字数193千字　890毫米×1270毫米　1/32　10.5印张
ISBN 978-7-5502-6482-3
定价：35.00元

水晶幻影

八年来，每逢4月30日,总有人换着法儿想要置我于死地。除此之外，岁月倒也还算安稳。学术生涯也顺风顺水，专注于计算机科技，自不必说，光在顾伟设计的那四年，便让我受益匪浅，让我得以在一个相宜的环境中，尽展平生所学，并且开始了一个属于自己的项目。我有一个朋友，名叫卢克·雷纳德，也在同一家公司工作，干的是销售。而我扬帆出海，每日慢跑，生活得颇有规律……

刚刚过去的这个4月30日，就在我觉得一切就要水落石出之时，却又陷入了重重迷雾。我所钟爱的项目——鬼轮，已初现端倪。我辞去工作，打算迁往一个更为绿色的影子。之所以还在镇上逗留，完全是因为那个令我刻骨铭心的日子已经近了，而这次，我决心揪出幕后黑手，查清个中缘由。

那天清晨早餐时分，卢克拿着我前女友茱莉亚的一封信，出现在我面前。信上说茱莉亚想要再同我见上一面。于是，我顺道去了她那儿，却发现她已死于非命，而凶手，显然便是随后袭击我的那头似狗非狗的怪兽。我成功地干掉了那东西，并在逃离现场前，快速将那套公寓搜索了一遍，无意中发现了一沓薄而古怪的纸牌，便顺手揣在了怀里。它们同安珀及混沌的魔法塔罗牌实在是太过于相似，身为魔法师的我，自是不会放过。

没错，我是一名魔法师。我叫梅林，安珀的科温以及混沌王庭的黛拉之子，也是当地朋友们眼中的默尔·科雷：阳光、魅力四射、机智、动若脱兔……对卡斯蒂利奥内①及拜伦勋爵情有独钟，此外还为人谦逊，淡漠而又沉默寡言。

那些纸牌竟是真正的魔法物件。考虑到自打我们分手之后，茱莉亚便同一位名叫维克多·梅尔曼的神秘主义者经常见面，因此我倒也觉得没什么好大惊小怪的。我前往那名绅士的工作室，结果，他居然装神弄鬼，想用一场宗教仪式置我于死地。我从仪式中挣脱出来，问了他一些问题，但在我的盛怒及当时环境的共同作用之下，他害人不成，最终反而丢了自己的小命。形式主义，真是害人匪浅。

---

① 意大利外交官、侍臣和作家。出身贵族家庭，曾在曼图亚侯爵和乌尔比诺公爵处任职，后来替教皇服务。他以《侍臣论》(1528)一书而闻名，该书采用一种哲学对话形式，描写理想中的侍臣、贵妇人以及侍臣和王公之间的关系，出版后在意大利和其他国家颇受欢迎，成为文艺复兴时期那些推崇贵族礼仪的人的守则。

不过，我从他口中得到的信息已是不少，知道他不过是别人的傀儡。很显然，所谓的献祭，不过是别人怂恿他做的一场把戏罢了。而幕后的黑手，很有可能便是茱莉亚之死以及我那些刻骨铭心的4月30日的始作俑者。

想明白了这一点，但我没来得及深究，就被一名红发女子咬了一口（没错，就是咬）。此人颇有几分姿色，咬我前曾打电话过来，我们简单交谈了几句，而当时的我，自然装成了梅尔曼。不料随后，她从天而降，出现在梅尔曼的公寓里。她那一口，顿时令我浑身麻痹，丝毫动弹不得，只好赶在药力全面发作之前，利用从茱莉亚住所得来的那些纸牌，躲过了一劫。纸牌将我带到了一头斯芬克斯面前，好在那家伙为了让我陪它玩那些幼稚的猜谜游戏，同意让我暂时缓上一口气。斯芬克斯最是痴迷于猜谜游戏，若是你输了，就会被它们活活拿来吃掉。不过好在，这头斯芬克斯似乎并不擅长此道。

总之，我回到了自己客居的那个地球影子，发现梅尔曼所住的那栋楼，在我离开的这段时间里，已被烧成了一片废墟。因为先前曾约过饭局，所以我试着给卢克打了一个电话，得知他已从汽车旅馆退房，走时还给我留了一封信，说他已去新墨西哥州出差，并告诉了我他在那儿所住的酒店名称。此外，汽车旅馆的前台服务生还给我一枚镶着蓝宝石的戒指，说是卢克落在旅馆的。我接在手里，打算等见到他时交给他。

我飞往新墨西哥，最终在圣菲追上了卢克。我在酒吧等着他一起去吃饭时，一个名叫丹·马丁内茨的男子问了我一些问题，当时给我的印象是卢克有了新的买卖，而眼前这人，则想知道卢克这人到底可不可靠，能否把他们所需要的东西给弄出来。吃罢晚餐，卢克和我开车去了山上。正当我们欣赏夜色之时，马丁内茨跟踪而至，拔枪射向了我们。我猜，他显然已经得出了结论，只是不知他究竟是觉得卢克不可靠呢，还是以为他没那本事弄出他们所需的东西来？卢克竟然也拔出了枪，射向马丁内茨，这让我很是吃惊。随即，更令我震惊的事情接踵而至。卢克直接叫出了我的名字——我的真名，我从未曾告诉过他的真名——并且点破了我父母的名字，命令我上车，离开那个鬼地方。为此，他还朝着我两腿间的地面开了一枪。看起来根本没有商量的余地，我只好离开了。此外，他还让我毁了那几张曾经救过我一命的古怪主牌，而且来时，从他口中我已知悉他竟然认识梅尔曼……

我并没有走远，而是将车子停在山下，掉头徒步上了山。卢克已不知所终，马丁内茨的尸体也不翼而飞。不管是当天晚上还是翌日，卢克都没有再回酒店，我只好退房离开。此时，我唯一信任并笃信对方能给我一些好建议的人，只剩下了比尔·罗斯。此人是一名律师，住在纽约富人区，曾是家父最好的朋友。于是，我登门拜访他，将事情的来龙去脉跟他详说了一遍。

比尔循循善诱，让我想起了许多同卢克相关的事情。顺便说一句，卢克这人，身材高大，为人机警，留着一头红发，是一名天生的运动员，有着令人望而生畏的果敢。而且，我们虽是多年的至交，但我对他身世的了解，几近为零（正如比尔所指出的那样）。

隔壁一个名叫乔治·汉森的小伙子，开始在比尔家附近出没，问一些不着边际的问题。同时，我还接到一个神秘的电话，问的也是同样的问题。此二人，似乎都对家母的名讳异常感兴趣。自然，我撒了谎。家母原为混沌王庭黑暗贵族的一员，不过，这事同他们无关。倒是打电话过来那人，说了几句我的母语塔瑞语，让我来了兴趣，同他约定在当地乡村俱乐部的酒吧当中见面，互换信息。

孰知，尚未见面，我的叔父兰登——安珀之王，便在我同比尔踏青时，将我召了回去。最后证明，乔治·汉森当时正在跟踪我们，也想随着我们一起离开那个影子世界。痴心妄想，他并不在受邀之列。我偕同比尔一起前往，因为我可不想把他扔给那个行事诡异的家伙。

随后，我从兰登那儿获悉，叔父凯恩已经遇害，死于刺杀，凶手同时还想谋害布雷斯叔父，但只重伤了他。凯恩的葬礼就安排在第二天。

当天晚上，我如约赶往那个乡村俱乐部，但那个神秘人并没有现身。不过，也不是一无所获。我邂逅了一位名叫梅格·德芙琳的曼妙女子，水到渠成地去了她家，同她"赤诚相见"。事后，她猝不及防地问起了家母的名讳。真他妈见鬼，我竟然告诉她了。过后我才想起，兴许，她便是那个约我前往酒吧的神秘人。

不过，温存很快便被大堂中一个不识趣的呼叫终结了。对方是一名男子，声称是梅格的丈夫。我自然像任何遭遇这种状况的绅士那样，脚底抹油，溜之大吉了。

姑姑菲奥娜也是一名女魔法师（所属派别同我不一样），她一直都不赞成我来赴约。而且，她对卢克的意见显然更大，因为在我同她说了一些与他相关的事情之后，她问我有没有他的照片。我给她看了我钱夹里的一张，是一张合影，当中有卢克。我敢发誓，虽然她极力否认，但她一定是将他认了出来。不过，当晚，她同自己的哥哥布雷斯，便双双在安珀失踪了，这似乎更加不可能是巧合。

随后，情势更是急转直下。翌日，在凯恩的葬礼上，有人试图趁我们家族齐聚之时，将一个炸药包扔到我们头上，结果未遂，凶手逃之夭夭。随后，在听了我对鬼轮的简单介绍之后，兰登很不高兴。鬼轮不光是我的挚爱，是我最为钟情的项目，更是我在顾伟设计这几年的心血。嗯，它可以算是一台计算机，但其运行所要求的物理规则，则颠覆了我在课堂上得来的所有知识，其中，还牵涉到了一些兴许可以称之为魔法的东西。不过，我最终还是找到了一个适宜的地方，将建在那儿。我上次离开时，它仍处于自动运行状态。现在，它似乎有了感知能力。而且我想它着实将兰登吓得不轻，于是，他严令我将它关掉。虽然万分不愿，但我还是离开了。

穿越影子时，总有人阴魂不散地跟着我。一路上，骚扰、威胁，甚至袭击不断。一位素未谋面的女子，将我从火海当中救了出来，并最终死在了湖中；一个神秘人，为我解决掉了凶残的怪兽，并将我从天翻地覆一般的地震当中救了起来。事后证明，此人正是卢克。他陪我一直走到了最后一道关口之前，与鬼轮对峙。我的发明对我有点恼火，于是用影子风暴这种狠毒的手段，将我俩给打发了。一旦碰到了影子风暴，不管你手头有没有雨伞，都无济于事。千钧一发之际，我故技重演，再次用那一沓厄运主牌，将我俩传送了出去。

我们意外地来到一个蓝色的水晶洞穴外面，卢克将我抱了进去。卢克可真是一个好哥们儿。在看完了穴内所藏的补给之后，他将我囚禁在洞中。随后，他告诉我他的真名，我这才明白菲奥娜当初看到他的照片之时，为何那般怒不可遏了。他实在是同他父亲太像了。卢克不是别人，正是布兰德——这个杀人凶手，这个人人得而诛之的叛徒、首恶——之子。几年前，布兰德曾差点儿将王国毁于一旦，并连带着葬送整个宇宙。幸运的是，凯恩在他阴谋得逞之前，结果了他的性命。随后我得知，卢克正是杀害凯恩的凶手，为的是报杀父之仇（随后证明，他是在4月30日这天获知的自己父亲的死讯，于是便用一种别样的方式，开始了一年一度的祭奠，还持续了这么多年）。同兰登一样，卢克对鬼轮也感到震惊不已，他还告诉我说，他得留着我，为的是有一天，若是他控制住了那台机器，那件用来毁灭整个家族最为完美的武器，兴许我还有用。

随即，他便离开了，前去追寻他想要的那件东西。而我，则很快发现自己的法力，已被洞穴当中的某种物质封印了。于是，我只好跟你——弗拉吉亚，说说话儿了，而且你看在这儿，你也没脖子可勒……

你看，我给你讲讲《飞越彩虹》的故事怎么样？

第一章

剑刃卷了之后，我将它扔到一旁。虽然我选择了洞壁上最为薄弱的地方，但这件家伙仍然拿它没丝毫办法。几块墙体碎片零落脚边，我将它们捡起来，握在手心。此路不通，唯一能够出去的，似乎只剩下来时的那处洞口，但想从那儿出去，简直比登天还难。

我走回自己的营房，也就是放置睡袋的地方。坐在那条厚重的棕色睡袋上，我拔去一瓶红酒的塞子，喝了一口。在那面墙壁上一通砍斫，已让我汗流浃背。

就在此时，弗拉吉亚微微动了动，其中一部分舒展开来，滑进了我的左手掌心，缠上了我依然握在手心的那两块碎屑，打了一个结，随即落到空中，犹如钟摆一般晃悠了起来。她所摇摆的方向，正好朝向那条被我称为家的甬道。就这样，她大约晃悠了足足一分钟，这才撤了回来，爬到我手背上时，略微顿了顿，将那两块碎屑放在了我无名指根部，接着便恢复了先前的形状，缠在了我的手腕上。

我凝视着她的一举一动，随即举起了明灭不定的油灯，盯着那两块石头细细看了起来。它们的颜色……

没错。

衬着皮肤去看，它们的颜色似乎同卢克的那枚戒指毫无二致，就是我先前从新干线汽车旅馆帮他带过去的那枚。纯属巧合？还是这二者之间有着某种关联？我这条晃悠的细线，到底想要告诉我什么？我是不是还见过另外一块这样的石头？在哪儿？

卢克的钥匙扣。那上面也有一块蓝色的石头，镶嵌在一块金属片上……会不会还有另外一块？

我被囚的这个洞穴有着某种力量，能够隔绝主牌以及洛格鲁斯的法力。若是卢克真是随身携带着从这洞穴壁上得来的石头，那肯定有着某种非同寻常的缘由。这些石头到底还有着怎样的效用？

我约莫花了一个小时，来研究它们的质地，但它们却阻绝了洛格鲁斯的探测。最后，我只好沮丧地将它们放进口袋，吃了一些面包和奶酪，举起酒瓶咕咚咕咚灌了一气。

随后，我站起身来，再次转了几圈，检查我所设下的陷阱。到目前为止，我在这个鬼地方至少已被囚禁了一个月。所有的隧道、甬道以及岩穴，我全都已经走过了无数遍，为的不过是找到一个出口。无路可出。曾几何时，我狂怒不已地对它们挥拳相向，在那冰冷的崖壁上，留下了无数斑斑血迹；曾几何时，我细细地挪动着脚步，逐一检查崖壁上的每一条缝隙，每一处似是而非的阴影。至于入口处的那块巨石，我则用尽了手段。但它却岿然不动，牢牢地嵌在洞口，休想挪动分毫。看来，这个牢笼我是出不去了。

我的那些陷阱⋯⋯

它们依然同上次检查时一模一样。滚石、深坑，依然完好地躺在那儿，无动于衷，静候着有人触动机关，再携雷霆万钧之力，翻滚而下。那机关，连着几条我从板条箱上拆下来的打包绳，全都隐藏在阴影之中，只消有人触动其中一条。

有人？

自然是卢克。除了他，还能有谁？他是这个牢笼的建造者。若是他回来，不，等到他回来时——那些陷阱便可以伺候他了。他身上有武器，若是站在洞口居高临下，我根本不是他的对手。我不能在洞口下面傻等，没门。我得换个地方，引他进来。然后——

带着隐隐的不安，我回到了我的营地。

头枕双手，我躺在那儿，把计划又回想了一遍。那些陷阱完全可以干掉一个人，而我却不想让卢克死。这并不是妇人之仁。虽然几天前我和他还是至交，但这一切早已过去，就在我得知他不但杀害了凯恩叔父，而且还想将安珀的亲戚一网打尽之后，我们的友谊早已走到了尽头。这一切的起因，皆源于凯恩杀了卢克的父亲——

我的布兰德叔父——一个人人得而诛之的人。对，卢克——或是现下的里纳尔多——我的堂兄，是有理由搅和到四宗族间仇杀案当中的这一宗当中去的，但想将所有人都置于死地，则太过激了。

不过，不管是血缘关系还是情感因素，都不足以让我撤去陷阱。我之所以想留他一命，是因为这整件事情中，我还有太多的不解，若是他一命呜呼，真相便可能永远难有大白于天下的那一天。

贾丝拉……厄运主牌……我穿越影子之时竟然如此轻易地被人跟踪，这背后的缘由……卢克同那名画家，也就是那个疯狂的神秘主义者维克多·梅尔曼相识的整个经过……关于茱莉亚以及她的死，他究竟知道多少……

我再次从头来过，撤掉了那些陷阱。新计划要简单得多，而且是基于一样我笃定卢克根本就不知道的物件。

我将睡袋移到一个新位置，就在被封的那个出口下面的石室外面的甬道中。此外，我还搬了一些吃的过来，决定打持久战，尽可能地在那附近死守。

新陷阱不过是一个非常基本的设计，简单直接，但又避无可避。一旦设定，除了守株待兔外，别无他法。等待，回忆，筹谋。我必须向其他人示警。针对鬼轮，我必须做点儿什么。我还得找出梅格·德芙琳到底都知道些什么。我还需要做……许多的事情。

我等待着。影子风暴、噩梦、古怪的主牌以及湖中的那名女子，在脑海中轮番闪现。变故接踵而至，这些天来，我的人生一下子变得烦乱不堪了起来。紧接着，又是这么长时间的无所事事。唯一的安慰，便是这个地方的时间流，很有可能比其他大多数地方，都要快得多，尤其是那些对我至关重要的地方。这儿的一个月，在安珀兴许只有一天，说不定还要短。若是我能从这个牢笼中逃出生天，那一切的线索，兴许都还没断。

随后，我吹灭了油灯，开始睡觉。这个水晶牢笼中，光线倒也充沛，明灭之间，帮我辨别着外面世界每一天的逝去，让我得以按照昼夜的变化，安排自己的生活。

在接下来的三天时间里，我再次将梅尔曼的日记通读了一遍。晦涩难懂，有用的信息极少。正当我就要说服自己相信那个穿斗篷的家伙，也就是他口中的不速之客和师傅，很有可能正是卢克之时，其中一些关于阴阳人的记载，又令我陷入了迷惘。用混沌之子献祭的那段记述，几乎出现在日记本的最后，根据对梅尔曼本人及他当时所用的手段来看，倒是不难理解。不过，若这事真是卢克干的，那又如何解释他在新墨西哥山顶上那古怪的行为？当时，不正是他建议我毁掉那些厄运主牌，并逼迫我驾车离开的么？这里边处处都透着保护我的意思。

此外，他虽然认下了早些年那几桩针对我的谋杀，但却对最近几桩矢口否认。若他已决心承认这一切，为何要单独否认其中一些？这背后到底还牵扯到什么？还会有些什么人？又是如何做到的？这里边很显然还有一些细节被遗漏了，但对我来说却是一些非同小可的细节，牵一发而动全身，说不定哪一天，猝不及防的一个细节，便能让一切水落石出，让自己先前所遗漏的那些画面，活生生地出现在我眼前。

我应该猜到会有人夜访的。应该猜到，但我却没有。若真是猜到了，我便应该早些调整生物钟，昼伏夜出。尽管我对自己的陷阱很自信，但非常时期，每一个细节都有可能会决定成败。

我正沉沉地睡着，突然有一阵岩石磨擦的声音传了过来，似乎异常遥远。我被惊醒过来，但反应却异常迟钝，伴随着那绵绵不绝的声响，颇花了几秒钟，才回过神来，明白了眼前的境况。随即，我坐起身来，带着依然昏昏沉沉的意识，移到出口下面的那个石室外面，靠墙蹲了下来，揉了揉眼睛，捋了捋头发，找了找遗失在朦胧的睡眠沙滩上的那些零散意识。

我所听到的第一阵动静，想必是在拔出那些楔子，随之而来的，则是一阵摇晃或是翻动那块巨石的声响。接下来的动静则有些模糊，并没有带出任何回音，很是缥缈。

我冒险扫了一眼那间石室。并没有出现洞口，也没有星星映入眼帘。头顶的震颤依然在继续。伴随着一阵稳定磨擦声和嘎吱声响，那块岩石动了动。一团亮光，带着一圈散漫的光晕，从半透明的石穴顶上，照了下来。想必是一盏提灯。若是火把，光亮不会如此稳定。而且在这种场合，火把也不适用。

一弯天光，出现在了头顶，一角挑着两颗星星。渐渐地，它扩大了一些，粗重的喘息声和咕哝声传了下来。借此，我判断出上面应该是两名男子。

霎时，肾上腺素激增，一阵轻微的刺痛感，从四肢传来了过来。没想到卢克竟然带来了同党。这样一来，我设在洞口附近的陷阱便失去了作用。我真是天字第一号大傻瓜。

此时，那块岩石翻动得愈发迅速了起来，心念电转间，我已顾不得再骂自己，赶忙凝神定虑，做好准备。

我召唤出洛格鲁斯的画面，让它展现在眼前。随即，我站起身，靠在石壁上，抬起双臂，开始随着那两条虚幻的触手，似乎毫无规则地摆动了起来。待得双臂同那两条触手合二为一之时，头顶上的声响，已经停歇下来。

此刻，出口已是一清二楚。片刻过后，那团火光被举起，朝着前面移动了过来。

我走进石室，探出双手。当那两个五短身材的黝黑身影映入眼帘时，我先前的计划已全部打消了。他们的右手全都握着出了鞘的利刃。没有一人是卢克。

我将洛格鲁斯所形成的臂铠探出，扼住了他们的咽喉，持续发力，直到他们瘫软下去。随后，我又坚持了一会儿，这才放手。

待他们消失在视线之中，我用我那闪闪发光的双臂，钩住出口边缘，将自己拉了上去。来到出口处，我停了停，松开了缠在入口下方的弗拉吉亚。这便是我的陷阱。不管是卢克还是何方神圣，只要一入这个套索，它便会立刻收紧，无一幸免。

不过，此刻……

一溜火光，沿着我右侧的山坡，蔓延了下去。跌落的提灯当中的油泼溅了出来，变成了一条火龙。被我扼晕过去的那两人，蜷缩在左右两侧。封住入口的那块巨石，已被挪到了左侧略微靠后的地方。我保持这一姿势，在原地待了一会儿。洛格鲁斯的图案，依然在我双目间跳跃，其颤动的触手，依然同我的双臂合为一体，而弗拉吉亚，则从左肩移动到了大臂之上。

这事未免也太简单了一点儿。不管是想审我、杀我还是将我易地关押，卢克应该都不会派这样两个蠢货来的。故而，我才不敢完全现身，而是继续利用现在这样一个相对安全的位置，巡视着周边的夜色。

所料不差，夜空下，果然不止我一个人。只见那东西异常黝黑，即便是在逐渐微弱的火光的映照之下，肉眼也很难分辨出个所以然来。不过，一旦我召唤出洛格鲁斯，不管它是人是鬼，都将无所遁形。

我在左侧一棵树下的一片阴影中，发现正藏着一个人影，先前并未能看到。此外，一个奇怪的图案，正悬在那儿，令我不由得想起了安珀的试炼阵。只见那图案正像风火轮一般慢慢旋转着，四围缠绕着一圈烟雾缭绕的黄光，犹如藤蔓一般，穿过夜空，正朝我而来。对此，我早已胸有成竹，因此只是饶有兴致地看着，且看它如何施展。

　　其中有四束黄光比其他光束要宽一些，但飞过来的速度并不快，一路像是探查着什么。待距我不过几码远之时，那黄光顿了顿，歇了一口气，随即犹如毒蛇出洞，径直朝我袭来。我双手早已搭在一起，双臂略微交叉，洛格鲁斯的触角，也早已探了出去。随即，我双手一扫，指挥着那触角，向前轻刺出去。它们击在了那黄光之上，将其撞散，败退到了那图案之上。两下里刚一接触，一阵轻微的刺痛便从我小臂上传了过来。此时，那犹如一面盾牌一般的图案开始摇晃起来。我右手成刀，朝着它直挥了过去。只听得一声短促的惊呼，那图案顿时黯淡下来，我再次出手，迅速补了一刀，同时从洞口挺身而出，朝着山坡下面冲去。连续两次硬碰硬，我的右臂已开始隐隐作痛。

　　那图案——且不管它是什么——渐渐变淡，最终消失了。不过，藏在其背后的身影，倒是愈发清晰了。只见它正靠在一棵树上，正将一些小小的物件，举到眼前，挡住了脸，是一个女子。由于害怕她手中的东西是一件武器，我放出了洛格鲁斯的触角，击在了那东西上面，试图将它打落下来。

随即，手臂上一股反冲之力传来，震得我一个趔趄，力量颇为不小。被我击中的，似乎是一个魔法物件。不过，那女子也因这一击，身子晃了晃，这让我略微解气了一些。不过，一声惨呼过后，她依然死握着那东西不放。

片刻过后，一圈淡淡的光晕，开始在她四周显现，我这才意识到她手里拿的是什么东西。原来，我竟用洛格鲁斯，击中了一张主牌。若想见到她的庐山真面目，那我下手得再快一些才行。

不过，等我冲上前去后，发现此刻已经晚了。除非……

我从肩上一把拉下弗拉吉亚，借着洛格鲁斯之力，将她顺势投了出去，同时发出了指令。

此时，由于换了角度，而且拜那圈光晕所赐，我终于看清了那女人的脸。不是别人，正是贾丝拉，那个差点儿在梅尔曼的公寓当中，将我一口咬死的人。转瞬之间，她便有可能逃走。必须抓住她，许多关乎我生命的问题的答案，都还得着落在她身上呢。

"贾丝拉！"我大喝一声，试图分散她的注意力。

这话并没有起到什么作用，但弗拉吉亚却得手了。我那条要命的细线，此时已经变成一条闪闪发光的银丝，缠上了她的喉咙，同时将一端伸展开来，紧紧地绕在了贾丝拉左侧的一根树枝之上。

那女人的身影开始变淡，很显然，她并没有意识到，此时再想逃，已经太晚了。除非舍弃自己的脑袋不要，否则，她是不可能通过主牌逃脱的。

很快，她便意识到了这一点。只听得她喉咙中发出一阵咯咯的怪叫声，踉踉跄跄地退后几步，身形再次坚实起来，身子周围的光晕也早已消失不见。她扔下手中的主牌，抓住了那条勒住她喉咙的细线。

我来到她身旁，将一只手放到了弗拉吉亚上。弗拉吉亚松开挂在树枝上的那一端，重新缠在我的手腕上。

"晚上好啊，贾丝拉，"我说着，猛地将她的头往后一拽，"你要是再敢用毒牙咬我，我就拧断你的脖子。明白了吗？"

她想要说话，但出不了声，只好点了点头。

"我会把绳子稍微松开一点儿，"我说，"好让你回答我的问话。"

我略微松了松勒在她咽喉处的弗拉吉亚。她开始咳嗽了起来，随即，给了我一个恶毒的眼神，仿佛恨不能生吞了我。她的魔法护体此刻已经完全消散，于是，我将洛格鲁斯也收了起来。

"你为什么总是阴魂不散？"我问，"我究竟什么地方得罪你了？"

"该死！"她说着，试图向我啐上一口，可惜，她的嘴巴实在是太干了。

我轻轻一拉弗拉吉亚，她再次咳了起来。

"回答错误，"我说，"再试试。"

不过随即，她开始笑了起来，目光移到我的身后。我手握弗拉吉亚，抽空看了一眼。只见我右后方的夜空已经开始发出了微光。很显然，有人正在试图利用主牌，进入此地。

此刻，我无心再遇强敌，于是径直将空闲的那只手，探进衣兜，抽出一沓自己的主牌。弗萝拉在最上面。好。她能行。

我将意识朝着她推了过去，透过一片微光，穿过了她主牌上的那张脸。潜意识里，觉得她略一分神，随即突然意识到了什么。

接着："什么……"

"拉我过去！快！"我说。

"有这么急吗？"她问。

"你最好相信我。"我告诉她。

"唔……好吧。来吧。"

我瞥见了她在床上的样子，画面越来越清晰，越来越清晰。她伸出了一只手。

我伸出手去，抓住了它，随即向前而去。就在这时，卢克的声音传了过来："住手！"

我没有理会，继续向前穿去，身后依然拖着贾丝拉。她试图向后挣去，将我拉得顿了顿，随即跌跌撞撞地出现在了那张床旁边。这时，我才留意到那床的另一头，还有一个留着小胡子的男人，正瞪大了双眼，盯着我看。

"谁……怎么……"他问这话时，我阴森地笑了笑，站稳了身形。

卢克的身影从我的俘虏身后映了出来，只见他伸手上前，抓住了贾丝拉的一条胳膊，向后拖去。这样一来，弗拉吉亚缠得愈发紧了，她喉咙中顿时又发出了一阵咯咯怪叫。

该死！这下怎么办？

弗萝拉突然站了起来，满脸怒容，犹如闪电一般，一拳向前打去，速度快得惊人。一条淡紫色的芳香床单，顿时从她身上滑了下来。

"臭婊子！"她骂道，"还记得我吗？"

这一拳不偏不倚地打在了贾丝拉的下巴上，若非我及时松开弗拉吉亚，非得将她勒死不可。不过这样一来，倒正好将她送进了卢克的怀里。

光晕顿时失去，两人都消失了。

同时，那个黑头发的哥们儿，早已从床上爬了起来，正手忙脚乱地去抓衣服。不过，衣服到手之后，他并没穿在身上，而是用它们挡在身前，飞快地朝门走去。

"罗恩！你去哪儿？"弗萝拉问。

"出门！"他说着，一把拉开门，冲了出去。

"嘿！等等！"

"没门！"声音从下一道门那儿传了过来。

"该死！"她说着，杏眼圆睁，"你在毁掉别人生活方面可真有一手呀。"

随即，"罗恩！晚餐怎么办？"她叫道。

"我得去看心理医生。"他的声音传了过来，随即砰的一声，又一扇门被撞上。

"我希望你明白自己造了多大的孽，毁了一件多么美妙的事情。"弗萝拉对我说道。

我叹了一口气。"什么时候认识他的？"我问。

她秀眉微蹙。"哦，昨天，"她回答道，"想笑尽管笑好了。这种事情，不一定非得和时间有什么关系。我现在就能告诉你，这事肯定会非常特别。像你和你父亲这样的木头人，是不会理解这么美妙的……"

"对不起，"我说道，"谢谢你把我拉过来。他肯定会回来的，他只是被咱们吓破了胆而已。不过，既然已经见识了你的魅力，他又怎么舍得不回来呢？"

她笑了。"对，你和科温简直一模一样，"她说道，"是木头，但还算有几分洞察力。"

她起身走到衣橱前，取出来一条淡紫色的睡袍，披在身上。

"这，"她一边系着腰上的带子，一边问，"到底是怎么一回事？"

"说来话长……"

"那我看还是等吃完饭再听好了。饿吗？"她问。

我咧嘴笑了笑。

"想必是饿了。来吧。"

她领我穿过一间颇具法国田园风情的起居室，进入一间宽敞而又富丽的乡村式厨房。我本打算帮忙，但她指了指餐桌旁的一把椅子，叫我坐。

当她忙着从冰箱里往外搬各种吃食时，我说道："首先……"

"怎么了？"

"咱们这是在哪儿？"

"旧金山。"她答道。

"你怎么在这儿置了房产？"

"完成了兰登交给我的差事之后，我便决定留下来了。我对这个城市的印象，似乎又好起来了。"

我打了一个响指。我忘了她被派往这儿，调查维克多·梅尔曼的公寓和工作室所在的那栋房子的归属权这事了。那栋房子，正是布鲁图斯仓储用来储存那种奇怪弹药的地点。那些弹药，在安珀竟然能够开火。

"那么，房子的主人是谁？"我问。

"布鲁图斯仓储，"她答道，"梅尔曼是从他们手里租的。"

"布鲁图斯仓储的主人又是谁？"

"J.B.布兰德有限公司。"

"地址？"

"索萨利托的一间办公室，一两个月前已经人去楼空。"

"那间办公室的房东有租客的家庭住址吗？"

"只有一个邮箱，也废弃了。"

我点了点头。"我隐约觉得这事说不定会是这个样子，"我说，"跟我说说贾丝拉吧，很显然你认识那名女士。"

她哼了一声。"根本就不是什么女士，"她说，"我认识她时，她不过是一名皇室娼妓而已。"

"在哪儿？"

"卡什法。"

"那是什么地方？"

"一个有趣的影子王国，距离那个同安珀做买卖的'黄金圈'有点儿远。破破烂烂的蛮荒之地。尚未开化。"

"那你又是怎么知道这些的？"

她顿了顿，搅动着碗中的什么东西。

"哦，我过去曾和卡什法的一名贵族待过一段时间。是在一片树林中邂逅的，他当时正在放鹰行猎，而我则碰巧扭了脚——"

"唔，"我打断了她，不想过多纠缠于这些细节，"那贾丝拉呢？"

"她是老国王曼尼兰的女人，将他玩弄于股掌之间。"

"你怎么惹着她了？"

"趁我不在时，她偷了加斯里克。"

"加斯里克？"

"我的那个贵族。科恩克莱夫伯爵。"

"那这位曼尼兰陛下又是怎么看待这件事的？"

"他一直被蒙在鼓里。当时，他已卧床不起，在等死了，没过多久便一命呜呼了。实际上，正因如此，她才去勾引加斯里克。他是皇宫侍卫队的侍卫长，而他哥哥则是一名将领。曼尼兰大限之后，她利用他们发动了一场政变。上次我听说，她已甩了加斯里克，当上了卡什法的皇后。我得说，这事他罪有应得。我想他一直觊觎王位，但她想要独吞胜利果实。她罗织罪名，最终以某条叛国罪，相继解决掉了这兄弟俩。他确实长得很帅……只是不太光明磊落。"

"卡什法人有没有……唔……不正常的身体天赋？"我问。

她笑了笑："哦，加斯里克确实是一个要人命的小伙。但我并不觉得那有什么'不正常'……"

"不，不是，"我打断她道，"我的意思是他的嘴有没有什么非同寻常人之处，可伸缩的尖牙或是尖刺之类的东西。"

"嗯……哼，"她说这话时，脸上突然飞起了一片红霞，想必是炉火太热的缘故，"没有类似的东西。他们还是挺正常的，干吗问这个？"

"我当时在安珀跟你说起我的遭遇的时候，隐去了贾丝拉咬我那一段，她似乎在我体内注入了什么毒素，让我麻痹昏迷了好久，差点儿要了我的命，事后异常虚弱。我当时还是靠着主牌，这才逃过了一劫。"

她摇了摇头："卡什法人没那本事。不过话又说回来了，贾丝拉又不是卡什法人。"

"哦？那她是哪儿人？"

"不知道，应该是从别国来的。有人说是一名奴隶将她带进去的，来自穷乡僻壤。有传闻说她是一个女魔法师。我也不清楚。"

"我知道。那传闻是真的。"

"真的？说不定她就是靠那个把加斯里克弄到手的。"

我耸了耸肩："你有多久了……认识……跟她？"

"三十或四十年，我想。"

"那她现在还是卡什法的皇后吗？"

"不清楚。我已经好久没去那儿了。"

"安珀和卡什法的关系不好吗？"

她摇了摇头："并没有什么特别的瓜葛，真的。我说了，那地方有点儿偏僻，交通不大方便，而且也没有什么可拿出来交易的。"

"没有什么憎恶我们的理由？"

"那是自然。"

一阵食物的芳香开始在房间中飘散。我坐在那儿，一边嗅着诱人的味道，一边憧憬着饭后那个长长的热水澡。弗萝拉果然说出了我意料之中的话。

"那个把贾丝拉给拽回去的男子……他看起来有点儿眼熟，是谁呀？"

"他就是我在安珀跟你说过的那个人，"我答道，"卢克。我在想，他是不是让你想起了某个人？"

"似乎有点儿，"她说着，顿了顿，"不过我说不上来究竟是谁。"

她说这话时，正背对着我，于是我说道："如果你手里头拿着什么摔下去会碎，或是会溅出来的东西，请先放一放。"

我听到了什么东西搁到橱柜上的声响。随即，她转过身来，脸上已换上一副不解的表情。

"然后呢？"

"他的真名叫里纳尔多，父亲是布兰德，"我告诉她，"在另外一个影子当中，他已经把我关了一个多月，我刚刚才逃出来。"

"噢，我的天。"她低声惊呼道，"他想干什么？"

"复仇。"我答。

"有特定的对象吗？"

"没有。我们所有人。当然了，凯恩首当其冲。"

"我明白了。"

"请别把东西给烧煳了，"我说，"我已经好久没吃上一顿像样的大餐了。"

她点点头，转过身去。过了一会儿，她说道："你同他认识的时间不短，他是一个什么样的人？"

"平时看起来似乎还是一个非常不错的哥们儿。若他真像他父亲那么疯狂的话，只能说他隐藏得很好。"

她开了一瓶红酒，倒了两杯，端了过来。随即，开始布菜。

刚吃了几口，她便停下来，将叉子举在半空中，眼神一片茫然。

"谁能想到那混蛋又借尸还魂了呢？"她叹道。

"我想，菲奥娜应该想到了这点，"我告诉她，"凯恩葬礼前一天晚上，她问我有没有卢克的照片。当时她看了之后，我敢肯定她一定看出了什么，只是没说出来。"

"而且第二天她和布雷斯便不见了，"弗萝拉说道，"对，我现在也想起来了，他确实和布兰德年轻时……很早以前有点儿像。卢克个头更高，也更壮实，但还是有些像。"

她接着吃东西。

"顺便说一句，真的很好吃，很棒。"我说。

"噢，多谢。"随即，她叹了一口气，"这么说，我得等到你吃完，才能听到整件事的来龙去脉了。"

我点了点头，因为此时，我的嘴巴早已被食物塞满了。让帝国尽情摇摇欲坠吧，反正我现在是饿极了。

第二章

洗完澡，剃了胡须，修剪了指甲，换上刚召唤出来的崭新衣服，我从一本电话黄页中，找出了比尔·罗斯所在区域唯一一个标注着德芙琳的号码，打了过去。接电话那名女子的音色有些不对，但我还是将它认了出来。

　　"梅格？梅格·德芙琳？"我问。

　　"是我，"对方答道，"你是谁？"

　　"默尔·科雷。"

　　"谁？"

　　"默尔·科雷。不久前，我们刚刚度过了一个良宵——"

　　"对不起，"她说，"你肯定是打错了。"

　　"要是你现在说话不方便，我可以换个时间再打过来。要不，你打给我也行。"

"我不认识你。"对方说完，便挂断了电话。

我注视着听筒，如果说她丈夫现在就在她身边，那依我推断，她肯定会有些不自在，但好歹也会暗示她知道是我，换个时间再联系什么的。我一直有一种预感，觉得兰登随时会联系我，将我召回安珀，但我想先和梅格谈谈，这才推迟了同兰登的联系。我肯定没时间过去看她一趟。虽然不大理解她的态度，但我好歹算是坚持了。于是，我尝试了目前所能想到的唯一一件事，再次拿起黄页，找到了比尔那个邻居，也就是那个汉森家的电话。

铃声响到第三声时，电话才被接起。是一个女声，我听出了那是汉森太太。虽然上次去那儿时不曾去拜访她，但过去我曾同她见过面。

"汉森太太，"我说道，"我是默尔·科雷。"

"噢，默尔……你刚来过这儿，对吗？"

"对。不过，实在是太忙，没待多久，但我好歹还是碰到乔治了，同他长谈了几次。实际上，要是他在家，我想和他说两句。"

数秒的长长停顿过后，她这才回答道：

"乔治……哦，乔治去医院了，默尔。有什么需要我转告的吗？"

"噢，也没什么要紧事，"我说，"乔治怎么了？"

"也——也没什么要紧的，他只是有些烦躁，而今天又是他去复查和取药的日子。上个月他……有点儿……情绪低落，有一两天的短暂失忆，而且查不出来原因。"

"真的很遗憾。"

"哦，X光片显示出没有任何损伤——比如说他磕到了自己的头什么的。不过他现在似乎好了。他们说他很有可能已康复了，只是还需要再观察一小段时间而已。"突然间，她似乎想到了什么，于是问道，"顺便问一句，你上次和他说话时，他看起来怎么样？"

这个问题早在预料之中，所以我丝毫也没犹豫。

"我和他说话时他看起来一切正常，"我答道，"不过当然了，我和他是初次见面，并不知道他先前是什么样子，所以也说不上来有什么不一样的地方。"

"我明白了，"她说道，"他回来后，需要他给你打回去吗？"

"不了，我得出去一趟，"我说道，"而且也拿不准什么时候才能回来。确实没什么要紧事，这几天我会再打给他的。"

"那好吧，我会告诉他你来电话了。"

"多谢。再见。"

这事我几乎已经料到了。在梅格之后，乔治的行为就很古怪了。不过让我不解的是，他似乎清楚我的真实身份，还知道安珀。而且甚至还想跟随我的主牌一起穿越过去。看起来，他和梅格似乎都在接受某只神秘之手的操控。

　　一念及此，贾丝拉立刻跳入了我的脑海。不过话又说回来，看样子，她似乎是卢克的同党，但梅格却警告过我要提防卢克。若真是受制于贾丝拉，梅格为何如此？这说不通。可除了她，还有谁能做出这般稀奇的事来？

　　菲奥娜算是一个。可我当初从安珀返回这个影子赴约之时，她分明是我的同谋，甚至那晚，在我同梅格温存完后，还亲自驾车来接我。更何况，她对整件事情的了解，似乎并不比我多。

　　去他妈的。生活当中明明到处都是门，可当你去敲时，一扇都不曾为你开启，而当你不想进去时，却又全都齐刷刷地敞开了。

　　我回去敲了敲卧室门，弗萝拉让我进去。她正坐在一面镜子前化妆。

　　"事情怎么样？"她问。

　　"不太好。实际上，完全一塌糊涂。"我如此总结那两个电话。

　　"那你现在怎么办？"她询问道。

　　"和兰登联系，"我说，"同他约个日子。我有一种预感，他会召我回去，弄清楚整件事情的经过。所以，我看我得和你告别，谢谢你能帮我，很抱歉搅黄了你的浪漫。"

　　她耸了耸肩，依然背对着我，细细打量着镜中的妆容。

"用不着担心……"

她接下来又说了些什么，但剩下的话我没有听清。我心里突然一动，似乎有某人正在使用主牌想要同我联系，注意力立刻被吸引了过去。我做好了接受的准备，等在那儿。那种感觉越来越强烈，但对方的影像，却迟迟不肯出现。我在弗萝拉背后转过身去。

"默尔，是什么东西？"随即，我听她问道。

那种感觉愈发强烈起来，我抬起一只手，止住了她，觉得自己似乎正凝视着一条黑魆魆的长长隧道，但另外一端却连一个鬼影都没有。

"我也不知道。"我一边回答，一边召唤出了洛格鲁斯，控制住它的触角。

"你是人还是鬼？准备好开口了吗？"我问。

没有回应。我继续做好通话的准备，等在那儿，只觉得一阵寒意，顺着后背爬了上来。这种情形，我还是头一次碰到。我有一种强烈的感觉，若是我就势向前，肯定会被传送至某个地方。这是一种挑战，还是一个陷阱？管他呢，只有白痴才会接受这种莫名其妙的邀请。就我猜测，它说不定会把我送回到那个水晶洞穴去。

"不管你有什么目的，"我说道，"你都得表明身份并开口说话。我已经不参加盲目约会好多年了。"

一种试图现身的感觉隐隐传了过来，但依然看不出个所以然。

"那好吧，"我说，"我不想过去，而你也没有话说，所以我唯一能想到的，便是你想过来。如果真是这样，那你就请吧。"

我伸出了两只手，表面上看上去空无一物，但那条要人命的线，早已在左腕就位，隐好了身形，而右手之中，则是洛格鲁斯那无形物质的死亡之电。眼前这情形，当然既要故作谦恭有礼，也得有些手段才行，这可是最基本的礼貌标准。

一声轻笑，似乎在那黝黑隧道之中回荡了起来，冰冷，而又雌雄莫辨。不过，纯属意识当中的一个幻象。

随即，一个声音送了过来："你的邀请，当然，不过是一个陷阱，因为你并不是一个傻瓜。不过，我还是挺欣赏你的勇气，敢对着一个未知的人说话。你虽然在等，但你却根本不知道你面对的是什么。你甚至还邀请了它。"

"邀请依然有效。"我说。

"我从没把你放在眼里。"

"你想干什么？"

"来看看你。"

"为什么？"

"说不定换个时间，我们会有一场遭遇。"

"什么时候？"

"我觉得我们的目的，兴许会有冲突。"

"你是谁？"

再一次，笑声传来。

"不，现在不行，还不到时候。我只是想看你一眼，看看你的反应。"

"哦？那看够了吗？"

"差不多了。"

"要是咱们的目的确会有重合，那现在就把冲突摆出来吧，"我说，"我还忙着呢，还是早点儿解决的好。"

"我欣赏你的狂妄。不过等时机一到，选择权就不在你那里了。"

"我很乐意等。"我一边说，一边将洛格鲁斯的触角，沿着那漆黑的通道，小心翼翼地延伸了过去。

什么也没有，我的探测，犹如泥牛入海。

"我喜欢你的表演。给！"

什么东西朝我冲了过来。从魔法触角上传回来的信息，告诉我它很软，柔软得很难对我造成任何伤害，一片乱糟糟的东西，又大又冷，五彩纷呈……

我双脚站定，继续朝着深处探去……远些，再远些……直捣黄龙。遭遇到什么东西，有形又柔软，兴许是身体，兴许不是。太大，实在是太大，仓促之间不可能一下子收得过来。

几件小东西自动附了上来，坚硬，却没那么纷乱。我抓住其中一个，将其不知从什么东西之上扯下，朝着我召唤了过来。

对方依然沉默着，但似乎吃了一惊。那一片纷乱如麻的东西，朝着我急速涌来，而此时，洛格鲁斯也已火速回返。

犹如烟花一般，它在我周围散落了开来——鲜花，除了鲜花，还是鲜花。紫罗兰、银莲花、水仙、玫瑰……数百朵纷纷扬扬，犹如在屋内下了一场花雨。弗萝拉倒抽了一口凉气，联系立时中段。我右手当中正握着一个小小的坚硬物体，而馥郁的花香，则充满了鼻腔。

"这到底，"弗萝拉说道，"出了什么事？"

"我也说不准，"我一边说，一边扫落衣襟上的花瓣，"你喜欢花吗？这些都是你的了。"

"谢了，但我不大喜欢这种乱七八糟的花艺，"她一边说，一边打量着我脚边那一堆缤纷的花朵，"谁送的？"

"黑暗隧道那头的无名氏。"

"为什么？"

"兴许是一场葬礼的分期送花吧，我也拿不准。正常对话，似乎都在威胁。"

"要是你离开前能帮我把它们收拾一下，我会更欣赏你的。"

"那是自然。"我说。

"厨房和洗手间都有花瓶，来吧。"

我跟着她，捡拾了一些。送去插瓶时，我仔细看了看从那头得来的另外一个物件，一枚蓝色的纽扣嵌在一个金托之上，还带着几段残留的线头，颜色是海军蓝。纽扣由一块蓝色的石头切割而成，上面刻着一个身体弯曲的四足动物。我将它给弗萝拉看了看，她摇了摇头。

"我也看不出个所以然来。"她说。

我将手插进口袋，将水晶洞穴中得来的那两块碎屑掏了出来。它们似乎完全一样。当我把那粒纽扣凑近弗拉吉亚时，她微微动了动，不过随即，眼见得我没再动那几块蓝色石头，她又陷入了静默，似乎不打算再警告我什么。

"奇怪。"我说。

"我想在床头柜上放一些玫瑰，"弗萝拉告诉我，"梳妆台上想各样都摆放几朵。你知道的，还没人像这样送过我花呢，这可真是有趣。你确定它们真是给你的？"

我悻悻地嘟囔了几句不着边际的话，开始捡拾起玫瑰来。

随后，当我们坐在厨房中，一边喝着咖啡，一边沉思之际，弗萝拉评述道："这事可真古怪。"

"对。"

"兴许，等你同兰登谈完之后，应该和菲奥娜探讨一下。"

"也许吧。"

"说到这事，你难道不该呼叫兰登吗？"

"也许吧。"

"'也许吧'是什么意思？他应该知悉此事。"

"正确。但我有一种感觉，明哲保身并不能得到任何答案。"

"你又有什么点子了，默尔？"

"你有车子吗？"

"有，几天前刚弄的。怎么了？"

我从衣兜内将那枚纽扣和碎屑掏了出来，放在桌上，再次研究着它们："捡花的时候，我突然想到了一个地方，好像在那儿也曾见过这样的东西。"

"是吗？"

"茱莉亚死时的样子，实在是惨不忍睹，我当时伤心过度，想必是在潜意识里，把某些记忆片段屏蔽了。现在我刚刚想起来，她似乎也有一个蓝色石头做成的吊坠。兴许只是巧合，但……"

她点了点头："有可能。不过即便如此，现在肯定也被警察收走了。"

"哦，我想找的不是那个。不过它倒是提醒了我，当初由于太急于离开，搜索那套公寓时，并没有我想象得那么细致。在回安珀之前，我想再过去看上一眼。我还是不大明白那头……怪兽……究竟是如何进来的。"

"万一那地方已被清理了一遍，或是再次租出去了呢？"

我耸了耸肩："想弄明白这一点，只有一种办法。"

"好吧，我送你过去。"

几分钟过后，我们坐进了她的车子，我给她指示方向。晌午过后的阳光下，白云飞逝。大约有二十分钟的车程，我把大部分时间，都花在了准备洛格鲁斯上面，待车子驶入相应区域之时，我已经准备就绪了。

"前面拐弯，绕过这个街区，"我指着前面说道，"若是有停车的地方，我会指给你看的。"

果然有，就在我那天停车位置的附近。

将车停在人行道旁边，她瞥了我一眼："现在怎么做？直接上去敲门？"

"我会让咱俩隐形，"我告诉她，"直到进到里边为止。不过，为了咱俩能够看到彼此，你得离我近一点儿才好。"

她点了点头。

"托尔金曾在我身上施展过一次，"她说，"那时我还小，可以偷看好多人哩。"她咯咯笑了起来，"我都忘了。"

我终于念完了那套复杂的咒语，魔法立刻将我俩罩了进去，车窗外的世界开始暗淡下来。等我们从车里溜到人行道上时，四下里犹如被挡在了一副灰色太阳镜后面。我们慢慢走到街角，随后便右转。

"这套咒语难学吗？"她问我，"若是学会，好像很方便。"

"很不幸，确实很难学，"我说，"最不方便的地方，便是不能即发即用。我就不能。所以，若想准备就绪，从头至尾得花上大约二十分钟的时间。"

我们转身来到了那栋老旧的大房子面前。

"几层？"她问。

"顶层。"

我们拾阶而上，来到了前门处。门锁着，很显然，人们对这些天所发生的事情，依然还很敏感。

"破门而入？"弗萝拉悄声说道。

"动静太大。"我回答。

我将左手搭在门把手上，默默地给弗拉吉亚发了指令。它松开两圈，在我手腕上现出身来，爬上锁盘，探进了锁孔。随即，一紧，一僵，又生硬地动了几下。

只听得"咔嗒"一声轻响，锁舌已归位，我转了转门把手，轻轻一推，门应手而开。弗拉吉亚又缠回了我的手腕，归于无形。

我们走了进去，轻轻将门关上。在那面犹如泛着涟漪的镜子上，并没有映出我俩的身影。领着弗萝拉，我朝着楼上走去。

二层一个房间当中，传来一阵窸窣的声响，除此之外，再也没有其他声息，没有风，也没有躁动不安的狗。等我们来到三楼时，就连那窸窣声，也安静了下来。

放眼望去，茱莉亚所住的那套公寓的整扇门，都已被换成了新的，颜色比其他门略深一些，而且上面装的锁显然也是新的。我轻轻敲了敲，等了等。没有回应，但我又敲了敲，约莫又等了半分钟的时间。

没人应门，于是我试了试。锁住了，弗拉吉亚又如法炮制了一遍。不过这下，我倒是犹豫了起来。一想到上次来时的情形，我那只搭在门把手上的手，便颤抖了起来。我知道那具惨不忍睹的残缺尸体肯定已不在那儿，我也知道不会再有致命的怪兽，等在那儿袭击我，但记忆，还是让我迟滞了几秒钟。

"怎么了？"弗萝拉低声问道。

"没什么。"我说着，推开了那扇门。

记得上次来时，屋内摆放着一些家具。现在看来，这部分倒是没动——一张沙发、两张矮桌、几把椅子、一张大餐桌——但茱莉亚的东西却不见了。地板刚被擦过，锃光瓦亮，还铺上了新地毯。不过屋内却没看到一件私人物品，显然还未被租出去。

两人进了门，我返身将门关好，收回了罩在我们身上的魔法，开始巡视各个房间。魔法一撤，整个房间顿时明亮起来。

"我觉得咱们应该找不到什么东西的，"弗萝拉说道，"我能闻到蜡、消毒水和油漆的味道……"

我点了点头。

"看来寻常手段是不行了，"我说，"但我还有法宝，可以一试。"

我凝神定虑，召唤洛格鲁斯前来助力。若是这屋内还残留着什么魔法痕迹，我希望能够将它们找出来。随即，我慢慢走动起来，穿过起居室，从所有可能的角度，打量着屋内的一切。弗萝拉也行动起来，开始了自己的搜索——主要是探查各种物品的下面。透过洛格鲁斯去看，整个房间都闪烁着微光，一切都无所遁形。至少，这是我目前在这个影子当中，所能用上的最好的手段了。

任何东西，不管是大的还是小的，都难逃我的法眼，但一无所获。长长的几分钟过后，我进了卧室。

弗萝拉想必是听到了我倒抽一口凉气的声音，因为几秒钟过后，她已进了房间，站在我身旁，盯着我面前的那个带抽屉的衣橱，看了起来。

"里边有东西？"她一边问，一边伸出手，但随即又缩回来。

"没有，是后面。"我说。

在清扫房间时，那个衣橱已被挪动了位置。原本它立在右侧几英尺外的地方。这样一来，它的左侧的一片墙体，已经露了出来，而更多地方，依然藏在它后面。我将那衣橱挪回了右侧，归了它先前的位置。

"我还是什么也看不到。"弗萝拉说道。

我伸出手去，握住了她的一只手，将洛格鲁斯传递了过去，这样一来，她便也能看到了。

"呀……"她抬起另外一只手，沿着墙上一个隐约的方框，画了一圈。"看起来像是……一扇门。"她说。

我细细看着前方，是一圈隐约的黯淡火光。那东西显然被封印在墙壁当中，而且为时不短。实际上，它有可能会完全黯淡下去，归于无形。

"是一个门洞。"我答道。

她将我推进另外一个房间，打量起了那面墙壁的背面。

"什么也没有，"她评论道，"没有通向这边。"

"你说到点子上了，"我说，"是通向别的地方。"

"哪儿？"

"杀死茱莉亚的那头畜生的老巢。"

"你能打开吗？"

"粉身碎骨也在所不惜，"我告诉她，"好歹也得试一试。"

我转回另外一间房间，再次仔细研究起来。

“梅林，”当我松开她的手，抬起自己的手时，她说道，“你不觉得咱们现在应该立刻跟兰登取得联系，告诉他究竟都发生了什么吗？等你设法打开那扇门时，有杰拉德在你身边会不会好一点儿？”

“可能应该，”我赞同道，“但我不会。”

“为什么呀？”

“因为他说不定会让我别那么做。”

“兴许他是对的。”

我放下双手，转向了她。“我得承认你说得有道理，”我说，“兰登应该知道这所有的一切，而且兴许我已将此事拖得太久。所以，我希望你能这样：回到车里，等我。给我一小时，若是我到时还不回来，那就同兰登联系，把我跟你说的东西全都转告他，把这事也告诉他。”

“我不知道，”她说，“如果你不回来，兰登会对我大发雷霆的。”

“告诉他是我坚持这么做的，你也无能为力。实际情况也是这样，要是你仔细想想的话。”

她噘起了小嘴：“我不想扔下你一个人，虽然我也不敢留在这儿。带上一个手榴弹怎么样？”

她拿起手包，打开。

“不用，谢谢。不过，怎么会有这东西？”

她笑了："在这个影子里边，我随时都会带上几颗在身边。它们有时会很趁手。不过，好吧，我会等你。"

她轻轻吻了吻我的脸颊，转过身去。

"还有，试着跟菲奥娜联系一下，"我说，"如果我回不来的话。也把整件事都告诉她，她说不定会有不同的看法。"

她点点头，离开了。一直等到关门的声响传来，我才将所有的注意力全都集中到那个发亮的方框上。它的外形似乎相当完整，只是有的地方粗细、明暗不均。我将右掌伸到距离墙面约莫一英寸的距离，沿着那线条缓缓移动了起来。一阵轻微的刺痛传来，掌心微微发热。可以想见，在那些更为闪亮的区域，想必这种感觉会明显得多。据此推断，其中的封印，应该并不那么完美。非常好，很快，我便能试出这玩意儿到底能否承受外力了，而这，将会是我的切入点。

我将双手往洛格鲁斯深处尽量插了插，直到那些触角，犹如两副上好的臂铠一般，嵌入我的双臂——坚若精钢，而法力所到之处，又敏似柔舌。我将右手移动到了距离那方框最近之处，同我的臀部持平。刚一接触那较亮之处，只觉得一阵古老魔法的悸动霎时传了过来。我一边推，一边收缩触角，使其变得更为纤细，最后终于插了进去。那阵悸动随即开始稳定下来。左侧，我则选了一个较高的位置，依法施为。

我站在那儿，感受着封印的力量，洛格鲁斯的纤细触角在母体当中盈盈颤动。我试着催动他们，先是朝上，随后向下。右侧的进度比左侧稍好，进入得也更深。上下两个方向也都是。随即，指尖一紧，一阵反冲之力传来，那触角不由得一滞。我从洛格鲁斯当中召唤来了更大的力量，任由其在我体内和眼前犹如幽灵一般游弋了一圈，随即将其注入臂铠。洛格鲁斯的图形为之一变，我再次试了试，右侧触角向着下方划了约莫一英尺左右，便被一阵悸动困在了原地。当我掉头向上时，则几乎升到了顶部。我再次试了试左侧，一路毫无挂碍地滑到顶部，但深入墙体却仅有六英尺左右。

我的呼吸不由得粗重起来，额头上已是汗涔涔一片。往臂铠当中再次灌注力量之后，我强行将它们朝下方推去。反弹之力越来越强，震颤顺着胳膊传上来，钻进了五脏六腑。我停了停，歇了一口气，随即将力量提高到一个更高的层次。洛格鲁斯再次翻滚扭曲起来，我将双手一压到底，直达地面，随即双膝跪地，喘了几口气，这才沿着底部双手同时施为。很显然，这扇门原本就没打算再次打开过。所以我遭遇到的力量，没有任何虚饰，只有赤裸裸的对抗。

等到左右两股力道在正中会合后，我撤了回来，看了看自己的杰作。只见那方框的左右两侧以及底部的红线，此时已变成了一条烈火熊熊的阔大缎带，隔着这么远的距离，我已能感受到墙内传来的强烈脉冲。

我站起身，抬起双臂，开始沿着顶部，从两个角开始，向着中间施为。比先前容易了许多，开口处的力量，似乎提供了一份额外的压力，压得我的双手犹如游鱼一般朝着中间划去。等双手合拢时，我似乎听到了一声幽幽的叹息。我没去理会，依然在盘算着眼前的工作。整个方框，此时都已燃烧了起来。还不止于此，那一圈火光，似乎还在流转，周而复始……

我在那儿站了几分钟，重新聚集能量，放松四肢，做好准备，积蓄勇气。我唯一知道的，便是这扇门会通向一个完全不同的影子。这样一来，什么事都有可能发生。等到我将其打开之时，我猜，说不定会有什么东西跳出来，向我发起攻击。不过话又说回来，看这情形，这地方被封印的时日已是不短，不管里边有何机关，想必都已是另外一番模样。最有可能的是，我开了门，但一切却风平浪静。此外，我还有两个选择，那就是站在原地看上一看，或是迈步入内。不过，就这样站在这儿傻看，想必也不会有什么可看的……

我再次祭起洛格鲁斯，抓住那门的左右两侧，向里一推。右侧有了动静，于是我松开左手，继续往右手施压。随即，整个东西突然往里一收，荡了开去……

一条宽敞明亮，带着珠贝光彩的隧道，出现在了眼前，几步开外尤其宽阔。远处，隐约可见半空当中挂着一圈涟漪，像是三伏天里热浪蒸腾下的马路一般，当中点缀着一些红色光斑，更有几个模糊的黑影，在其中游动。我等了约莫半分钟，却不见有东西过来。

我准备好了弗拉吉亚，以防不测，同时，与洛格鲁斯的连接也没有中断。我走上前去，在身前展开洛格鲁斯触角，朝里走去。

背后的气流突然一变，我一惊，迅速朝着身后瞥了一眼，只见那门洞已经合拢，正在飞速缩小，此时只剩下了一个小小的红色方框，距我似乎有千里之遥。我仅仅走了数步，但让我觉得已走了不短的距离，想必这正是这个空间与别处不同之处。

我继续前行，一股热浪袭来，顿时将我淹没，裹在身旁迟迟不散。甬道两侧正在急速后退，渐趋暗淡，而眼前那片发光的涟漪，则依然在跳动着。我的脚步越发沉重，就像是在向着山顶爬去一般。我听到一声咕哝声，从我目光所不及处传来。左手中的触角，似乎同什么东西轻轻接触了一下，一股气味立时传了过来，同时，弗拉吉亚也开始悸动起来。我叹了一口气，原本就没想到这事会容易。若是换作是我，自然也不会简单地将门封上。

"好了，混账！就给我站在那儿！"一声雷鸣暴喝，从上面传了下来。

我继续拖着沉重的步伐，向前走去。

又是一声："我让你停下！"

伴随着我前进的步伐，一切又开始游弋着慢慢归位，左右两侧突然现出了一片粗粝的墙壁，一片屋顶也已悬在头顶。甬道正在收拢，聚合。

一个矮胖的硕大身影，挡在了前面，看起来像是一尊生着蝙蝠耳朵的佛陀。我上前几步，各个细节开始明朗起来：外露的獠牙、没了眼睑覆盖的黄色眼珠、生于手足之上那血红的长爪。它就那样盘踞在隧道正中，根本就懒得站起来。此外，身上不着片缕，但膨胀的大腹却垂到了双膝之上，看起来雌雄莫辨。声音听起来颇具阳刚之气，但气味却着实令人作呕。

"嗨，"我说，"天气不错，你说是吧？"

它咆哮了一声，四围的温度霎时升高了一些。弗拉吉亚都快要急疯了，我暗暗安慰了一下她。

那东西俯下身来，用一片亮晶晶的指甲，在石头地面上划出了一条青烟缭绕的线。我在那线前停下了脚步。

"一过这条线，魔法师，便有你受的。"它说。

"为什么啊？"我问。

"因为我说一不二。"

"如果你想收买路钱，"我建议道，"那就开个价吧。"

它摇了摇头："在我这儿你买不了路。"

"唔……你怎么知道我是一个魔法师？"

它那脏兮兮的脸上，蓦然开了一个洞，其中潜藏着的阴森利齿，远比我想象的要多，而从喉咙深处，则发出了一连串类似锡片碰撞的声响。

"我感觉到你那可怜的小触角了，"它说道，"那是魔法师的小把戏。还有，除了魔法师，没人能够站到这儿来。"

"你好像对这个职业不大尊重。"

"我专吃魔法师。"它告诉我。

我做了一个鬼脸，不由得想到了这一行当中的一些败类。

"这得看个人的际遇了，"我告诉它，"有什么条件？一条通道，如果不想让人过去，开它又有什么用？我怎样才能过去？"

"你过不去。"

"即便是我猜破了谜底也不行么？"

"这一招对我不管用。"它说这话，双目中分明泛出了一丝异样的神采，"不过，不妨陪你玩玩。什么东西又红又绿还骨碌碌转？"它问。

"你认识斯芬克斯！"

"他娘的！"它说，"你听过这个。"

我耸了耸肩："那我过关了。"

"这儿可不行，你没有。"

我凝神细看，这怪物既然是专门用来拦截魔法师的，那它身上肯定有着某种防御魔法的能力。不过，即便是没有任何特殊能力，光看其体型就知道不是易与之辈。我暗暗估摸了一下它的速度，不知我能否俯下身子，径直冲过去？不过，我可不想轻易以身犯险。

"我真的非过不可，"我尝试道，"我有急事。"

"难。"

"喂，你这样做又能有什么好处？这工作这么寒酸，值得你整天坐在这隧道中间吗？"

"我热爱我的工作，我就是为这个而生的。"

"那你怎么放斯芬克斯过去了？"

"魔法生灵除外。"

"哼。"

"别告诉我你也是魔法生灵，然后跟我玩障眼法。那种东西，我一眼便能看穿。"

"我相信你。顺便问一句，你叫什么名字？"

它哼了一声："你可以叫我斯科洛夫，纯属为了谈话方便。你呢？"

"叫我科雷。"

"好吧，科雷。我不介意坐在这儿跟你闲扯，因为这并不违反规则，是许可的。你有三个选择，其中一种非常愚蠢。你可以转过身，哪儿来的回哪儿去，别自讨没趣；你也可以赖在这儿，愿待多久就待多久，我绝不动你一根指头；最愚蠢的选择，便是越过我所画的那条线，然后我就会结果你。这儿便是门户，而我则是门神，绝不容许任何人进去。"

"说得很清楚，非常感谢。"

"分内之事。那你怎么选？"

我举起双手，指尖上光线纠结缠绕，犹如利刃；垂在手腕上的弗拉吉亚，也已开始晃悠成一幅精美的图案。

斯科洛夫笑了："我不光吃魔法师，还能吸光他们的法力。这可不是吹，老子可是原始混沌的旁系。所以，尽管来吧，只要你够胆。"

"混沌，嗯？原始混沌旁系？"

"是的，这世上可没多少人能接得了我一招。"

"兴许，一名混沌贵族不在此例吧。"我一边回答，一边将意念分散到了身体各处。痛苦的工作，越是求快，越是痛苦难当。

那一串锡片碰撞的声响，再次传来。

"一名混沌贵族跑这么远来挑战一位门神，要是三局两胜的话，你知道他获胜几率有多大吗？"斯科洛夫说道。

我的双臂开始变长，俯身下去时，后背的衬衫开始撕裂，脸上的骨骼开始转变，胸膛则凸了出去，不断前凸……

"兴许一局就够了。"变身完成，我答道。

"妈的。"我越过那条线时，斯科洛夫如此说道。

第三章

进了洞穴后，我在入口处站了好一会儿。左肩疼得厉害，右腿也酸痛无比。若是能将疼痛控制住，那等我变身回去，骨骼归位之后，绝大部分痛楚兴许会自行消解。不过，这整个过程有可能会让我虚脱，颇耗精力，而且，如此密集地变身，又刚同那门神对过阵，有可能会让我元气大伤。那条珠贝隧道，直通此洞。于是，我在洞中安然休息了一会儿，打量着眼前的情景。

只见左下方远处，是一片亮蓝色的水，很不平静。惊涛拍岸，摔打在岸边那灰白的岩石上，卷起千堆雪。一阵犀利的风，将浪花吹得四散开来，在冥冥薄雾之中，映出了一挂彩虹。

眼前和身下的土地，都是一片千疮百孔，热气蒸腾，震动不断。一英里开外，是一片宏大的建筑，高墙林立，颜色幽暗，气象庄严，结构繁复，令我不由得想到了一个名字：歌门鬼城[①]。城中建筑包罗万象，兼收并蓄，甚至比安珀的王城，更加气象万千，宏伟庄严。不过，它正在遭到攻击。

城墙下，攻城队伍人头攒动，队伍着实庞大，而大部分兵力，都集中在远处一片尚未被烧焦的土地上。四下里的草地，早已被踏平，林木也已被糟蹋了不少，但相对来说，也只有那儿，才算得上一块相对完整的阵地。攻城队伍装备着云梯和攻城锤，但此时，攻城锤早已用不上，而云梯也已悉数被推翻在地。城墙脚跟处，约莫一整个村庄的房屋，正被烧得毕剥作响。地上，散落着不少黑影，我想，应该是伤亡人员。

我将目光移向右侧更远处，只见那片硕大的城堡背后，是一片白得耀眼的区域，看起来应该是一片巨大冰川的边缘，而裹挟着残雪冰屑的厉风，正如同那海上的迷雾一般，径直向着左侧吹去。

在这片区域，风似乎没有停歇的时候，不停地在头上呼号。等到我终于走出来，举目上望时，发现我正置身于一堆高大的石堆半中央，或是在一座低矮的小山一侧，就看你如何理解了。四下里无遮无拦，寒风呼号，气势更加惊人。我正看着，只听得背后砰的一声，待我回过头时，洞口已无处可觅。由那道火光熊熊的门直至刚才的洞口

---

① （Gormenghast）为一部歌剧名称，其作者皮克（Peake）早年曾在中国居住的经历影响了《歌门鬼城》的创作，剧中的城堡既象征北京的紫禁城，也象征西藏的圣城拉萨。

这条通道，我一旦进来，其使命便已完结，而附在其上面的魔法，显然也已解除，于是顷刻之间便已完全闭合。我觉得若是凝神细看，应该能够看清那片峭壁的轮廓，但此刻，我没那份兴致。我在它前面堆了几块石头，这才仔细观察了起来。

一条蜿蜒曲折的小径通向右方，掩在几块矗立的岩石之间。我朝着那个方向而去，一股硝烟的气息袭来，至于是从战场上，还是从火山那边飘荡而来的，我就不得而知了。天空中点缀着片片白云，地上光影斑驳。来到两块岩石间，我停下脚步，又看了看下面的战场，只见攻城队伍又重新集结了起来，云梯正在朝着城墙运送过去。在那城堡的远远一端，一股类似龙卷风的东西，早已升了起来，正绕着城墙逆时针缓缓移动。若是它继续按照这种方式前行，必定会撞上那些攻城队伍。高明的一招。幸运的是，那是他们的问题，头疼的不是我。

退回那片石坡之上，我在一道矮坎上坐了下来，开始了令人头疼的变身。这大约花去了我半个小时的时间。先从一个正常的人形变成一个稀奇古怪的东西，兴许是怪物什么的，还会吓你一大跳，然后又变回原形，在某些人看来，兴许是一件令人反感的事情。其实他们不该如此，在日常生活当中，咱们不也每天都要"变上"好几次么？

变形彻底结束之后，我仰躺在地上，气喘如牛，静听风声。岩石帮我将它们悉数挡在了外面，只有它们的歌声送了进来。一阵阵震颤，沿着地面从远处传过来，此时竟显得那么温柔而又令人安慰……我身上的衣服早已碎成布条，此时，我早已筋疲力尽，无暇召唤出一套新衣来换上。双肩处的痛楚似乎已经消失，只剩下腿部还能感觉到轻微的刺痛，而且正在消散，消散……我闭上双眼，就那样过了一会儿。

好了，我终于挺过来了。我有一种强烈的感觉：杀死茱莉亚的元凶，应该就在下面的攻城队伍当中。仓促间，我想不出入城的容易法子，而且一时也没有可打听之人。不过，并不急于一时，我决定就等在这儿休息，等天黑，若此地也有昼夜交替的话。然后，我便会溜下山去，从攻城队伍中抓一个人回来，问上一问。没错，就这么办。可万一这儿的天不会黑呢？那样的话，我便得另想法子了。而现在，就尽情地神游天外好了……

我到底打了多长时间的盹，还真不好说。是右侧的一阵卵石碰撞之声，将我惊醒过来的。尽管并没有一惊一乍，但我还是立刻清醒了。并没有鬼鬼祟祟潜行的味道，而越来越近的声响，主要是脚步落地的踢踏声，似乎有人正穿着一双松松垮垮的靴子，朝着这边走来。这愈发让我坚信，过来的只是一个独行之人。我收紧肌肉，随即又放松开来，同时深深吸了几口气。

一名浑身多毛的男子，从我右侧的岩石间现身出来。此人身高大约五英尺半，邋里邋遢，腰上围着一块暗淡的兽皮，脚上趿着一双拖鞋。他盯着我看了几秒钟，露出一口参差不齐的黄牙，咧嘴笑了笑。

"喂，你受伤了吗？"他问道，说的是塔瑞语当中的方言，我从未听过。

我舒展了一下四肢，确认了一下，这才站起身来。"没有，"我回答道，"为什么这么问？"

那一丝笑容依然未散："我还以为你受够了下面的厮杀，已经决定退出了呢。"

"噢，我明白了。没有，不是那样的……"

他点了点头，走上前来："我叫戴夫，你呢？"

"默尔。"我说着，紧握住了他那脏兮兮的手。

"用不着发愁，默尔，"他告诉我，"我是不会出卖任何决定远离战场的人的，除非有悬赏。不过这儿不兴这个。几年前，我走的也是这条路，而且从没后悔过。还好我够聪明，早早地抽身离开，不然下场也会和他们一样。那个地方从来没被任何军队攻克过，而且我觉得也没有人能够做到。"

"那是什么地方？"

他仰起头，眯起了双眼，随即耸了耸肩。"四界锁钥啊，"他说，"征兵人员难道什么都没跟你说吗？"

我叹了一口气。"可不。"我说。

"身上肯定也没可冒烟的东西了吧，对不对？"

"对。"我答道，所有的烟草，都已被我在那水晶洞中抽光了，"对不起。"

我越过他，来到了岩石间一处可将下方情形尽收眼底的地方。我想再看看这个四界锁钥。毕竟，它不但是一个谜语的谜底，而且还是梅尔曼日记当中念念不忘的东西。城墙上又有几具尸体散落在那儿，看起来似乎是被那龙卷风袭击所致。此刻，那风正旋转着，朝着来时的方向而去。不过，一小队攻城士兵很显然已经攻上了城墙。而城墙下面，也已经重新集结了一支队伍，正朝着云梯奔去。其中一人扛着一面大旗，上面的东西隐隐有些眼熟——黑绿相间，似乎绣着一对互搏的灵兽。两架云梯依然搭在墙头，箭垛后面，一场惨烈的激战也已展开。

"一些攻城士兵似乎已经进去了。"我说。

戴夫赶忙跑到我身边，看了看。我忙不迭地移动到了上风口。

"你说得对，"他承认道，"那只是第一拨，如果他们能把那扇该死的城门打开，放其他人进去的话，说不定还有机会。想不到我还能看到这一天。"

"你所在的部队，"我问，"是什么时候攻击的这个地方？"

"应该是在八九，说不定是十年前了，"他嘀咕道，"那些家伙肯定非常不赖。"

"这都是为了什么？"我问。

他转过身来，仔细看了看我："你真的不知道？"

"刚到这儿。"我说。

"饿吗？渴了吧？"

"说实话，还真是。"

"那就来吧。"他抓起我的一条胳膊，拉着我回到了岩石间，随即又引着我，沿着一条狭窄的小径向前走去。

"咱们这是去哪儿？"我问。

"我就住在附近，专门收留逃兵，纯属看在老交情的面子上。对你，我破一次例。"

"谢了。"

没过多久，前方便出现了一个岔道，他选择了右手边那条，偶尔会有一段上坡路。实际上，一路上翻过了不少山梁，最后一条还颇有些磅礴。山梁后面有着不少岩缝，他径直钻进了其中一条。我跟着他往前走了一小段距离，随即他便在一个低矮的岩穴入口处停了下来。一阵腐臭的气息涌上来，我听到有苍蝇的嗡嗡声。

"这就是我的地盘，"他宣布道，"原本应该请你进去坐坐的，但有点儿……唔……"

"没关系的，"我说，"我在外面等好了。"

他俯身钻了进去，一想到他可能存放在里边的东西，我的胃口就迅速不见了踪影。

片刻过后，他再次现身出来，肩膀上挂着一个粗呢挎包。

"这里边可是有好东西哟。"他宣布。

我开始沿着岩缝向后退去。"嘿！你去哪儿？"

"透口气，"我说，"我到外面去，这后面有点儿窄。"

"哦，好吧。"他说着，亦步亦趋地跟了上来。

等我们来到空旷地带，在一道土坎上面坐下来之后，他示意我打开包里的东西，随便吃。我发现他在包里带了两瓶尚未开封的红酒、几壶水、一条看上去还算新鲜的面包、一些罐装肉、几个硬邦邦的苹果和一块未曾动过刀的奶酪。颇有先见之明地占据了上风口后，我喝了几口水，选了一个苹果，作为开胃菜。

"说到那地方的历史，可真不得了，"他说着，从腰带上取下一把小刀，给自己切了一片奶酪，"我都不知道是谁建的，建了有多久了。"

眼见他开始用那把小刀去挖红酒瓶上的瓶塞，我止住了他，暗中让洛格鲁斯帮帮小忙。眨眼间，我便把一只拔塞钻递到了他手里。拔出瓶塞后，他将其中一瓶全递给了我，又给自己开了一瓶。虽然此刻并没多少喝酒的兴致，但他能如此，我还是挺感激他的。

"这才叫趁手呢，"他细细研究着那拔塞钻，"有时，我就需要一只这个……"

"送你了，"我告诉他，"跟我说说那个地方。里边住的是谁？你是怎么参加的侵略军？现在又是谁在攻打那个地方？"

他点点头，喝了一大口酒。

"那地方最初的主人是一名男巫，名字叫作沙鲁·加卢尔。我们国家的皇后，有一天突然来了这儿。"他顿了顿，盯着远处看了一会儿，随即哼了一声，"政治！那时我甚至都不知道她此行究竟是为何，而且也从来没听说过这个鬼地方。总之，她滞留了很久，然后人们就开始起了疑心：她会不会被囚禁起来了？她是不是又嫁人啦？还是有了婚外情？我猜她想必也定时送信回去，但说的都是一些无关痛痒的屁话，根本就没什么价值。当然了，也有可能是一些机密事情，不过，那不是我这等小角色能够知道的了。她出发时，排场很大，所带的卫队也并非绣花枕头。那些家伙虽然一个个都是锦衣玉食，但都是些经验丰富的老兵。所以，当时说什么的都有。"

"不好意思，能否冒昧问一下，"我说，"你们的国王在这件事上是什么立场？你一直没提到他，但他似乎应该知道……"

"死了，"他说道，"让她变成了一个漂亮的寡妇，而且再婚的阻力并不小。不过，她的情人倒是不少，她还利用他们，互相斗来斗去的。一般情况，她的男人不是军队将领便是手握实权的权贵，或者两者通吃。不过她离开时，倒是指定了她儿子监国。"

"噢，这么说，王子成年了？可以控制局面了？"

"没错。实际上，正是他发动的这场该死的战争。他发动了战时动员，但征召队伍的结果不大理想，于是他便找到了儿时的一个玩伴，一个流亡的逃犯。不过此人手下的雇佣兵数量确实不少，名叫德尔塔——"

"停！"我说。

我心念电转，立时想起了杰拉德曾告诉过我的一个故事。一个名叫德尔塔的怪人，曾率领一支私人武装同安珀作对，战斗力颇不寻常。为了对付他，本尼迪克特还专门被召了回来。最后，那人的武装在克威尔山脚下被击溃，德尔塔也受了重伤。虽然没人见到他的尸体，但都推断此人受了那么重的伤，肯定是活不了了。不过显然，结果并非如此。

"你的家乡，"我说，"一直还没听你提起呢。你是从哪儿来的，戴夫？"

"一个叫卡什法的地方。"他回答道。

"这么说贾丝拉就是你们的皇后？"

"你听说过我们呀，你是从哪儿来的？"

"旧金山。"我说。

他摇了摇头："没听说过那地方。"

"又有谁听说过呢？听我说，你的视力好吗？"

"什么意思？"

"就在刚才，咱们观察下面的战场时，你有没有看清攻城士兵所扛的旗帜？"

"视力大不如从前了。"他说。

"上面是黑色和绿色，好像还有什么动物。"

他吹了一声口哨："一头狮子正在撕碎一头独角兽，我敢打赌绝对是。听起来像是德尔塔的部队。"

"那标志有什么特殊含义吗？"

"他将安珀人恨到了骨子里，这就是那上面的意思。他甚至还去攻打过他们一回。"

我尝了那酒一口，还不错。

这么说，果然是同一个人……

"你知道他为什么要恨他们吗？"我问。

"就我所知，他们杀了他老娘，"他说，"和边境战争有关。事情相当复杂，细节我就不知道了。"

我撬开一罐肉，掰下一块面包，给自己做了一个三明治。

"请接着说。"我说。

"我说到哪儿了？"

"因为担心他母亲，而且急需人手，所以那名王子找上了德尔塔。"

"没错，我就是那时被选中进入卡什法军队的，是步兵。王子和德尔塔率领着我们，穿过黑暗，一直来到了下面这个地方。然后，我们便干起了下面那些伙计们正在干的活。"

"情况怎么样？"

他哈哈笑了两声。"开始时战况很差，"他说，"我想，不管那城里负责的是谁，恐怕都有些难缠。比如你刚刚看到的那一阵龙卷风什么的。我们遭遇到了一次地震、一场暴风雪还有闪电。不过，我们好歹还是攻上了城头。我就是在那儿亲眼看到我自己的兄弟战死的，血流得像喷泉一般。所以，我这才不伺候他们了。我开始逃跑，最后爬上了这儿。没人来追我，于是我留了下来，继续观察。很可能不该这样的，但我确实不知道事情会发展成什么样子。我当时想，应该还是大同小异吧。不过我错了，已经太迟了，我回不去了。若是回去，他们会砍我的头，或者将我凌迟处死。"

"怎么回事？"

"我有一种感觉，那就是这次围城并非贾丝拉的本意。很显然，她原本打算先同沙鲁·加卢尔厮混，最后再鸠占鹊巢的。我想在动手前，她肯定应该先把他伺候好了，获取了他的信任才行。我相信她有点儿怕那个老头子。不过，既然她的军队已经出现在了城门口，虽然她没准备好，但不想动手也不行了。她提出要和他进行一场巫师间的决斗，而她的卫队，则趁此机会，将他的人在海湾一网打尽。虽然在决斗当中受了一些伤，但她最后还是赢了。不过，对她儿子也大发雷霆——责怪他不该没有她的命令，便带军队前来。总之，她的侍卫为他们打开了大门，她占领了锁钥。这就是我所说的没有军队攻克过那个地方的意思，那一次是内鬼作祟。"

"这些你都是怎么知道的？"

"正如我所说，当有逃兵逃往这儿时，我便给他们一些吃的，然后打听一点儿消息。"

"你给我的印象是，这座城曾被围攻过不止一次。现在这次，想必是在她占领之后。"

他点了点头，喝了一口酒。

"不错。很显然，就在她和她儿子不在的这段时间里，卡什法发生了政变。一个名叫卡斯曼的贵族，也是她一位已经死去的旧情人，加斯里克的哥哥。这个卡斯曼夺了政权，自然想把她和她儿子斩草除根。他攻击这个地方已经不下十几次了，但从没攻进去过。最后会拖成僵局的，我想。她将她儿子派往别处，说不定正在豢养军队，打算把她的王位再夺回来。我不知道，那已经是很久以前的事情了。"

"那德尔塔呢？"

"他们给了他一些从锁钥中得来的战利品，里边的好东西肯定少不了，于是他带着自己的军队，回自己老巢去了。"

我又喝了一口自己瓶中的酒，切了一片奶酪。"这么多年你是怎么生存下来的？似乎不大容易啊。"

他点了点头："实际上，我找不到回家的路。他们带我们进来的那些小路，都非常古怪。我原本以为我记得，但等我去找时，又找不到了。我想，我也可以不管不顾，直接一头扎进去，但又怕迷了路，情况更糟。还有，我知道自己在这儿能过得下去。不管是谁赢，不出几周时间，被烧毁的那些房屋便会重建起来，而那些农民也会搬回去住。他们将我奉若神明，常常来这儿祝告、默念什么的。每次只要我一下去，他们都会出来祈求保佑，并给我好多吃的喝的，好让我留下来。

"那你真的是神吗？"我问。

"自然是装的，"他说，"哄他们高兴一下，好让他们给我送吃的罢了。不过，这事可千万别说出去。"

"那是自然。就算是我说了，他们也不会相信的。"

他再次哈哈大笑了起来："你说得对。"

我站起身来，沿着那条小径走了一小段距离，再次打量起了那处锁钥。云梯倒伏在地上，地上的尸首，又多了不少。城内也没有了打斗的痕迹。

"城门还没开吗？"戴夫叫道。

"没有。我想攻进去的那些人并没能完成任务。"

"那面又黑又绿的大旗还在吗？"

"到处都看不到。"

他起身走了过来，手中拿着两支酒瓶，将我的递给我，两人同喝了一口。下面的军队，开始撤离城墙。

"你觉得他们这是要放弃还是重新集结再次冲锋？"他问我。

"说不准。"我告诉他。

"不管是什么，今晚那下面的好东西指定不少。盯住那附近，然后，你能扛多少，便会有多少。"

"我有点儿好奇，"我说，"如果德尔塔和那皇后还有她儿子关系真那么好的话，为何还要二次进攻这个地方？"

"我觉得跟他要好的只是她儿子，"他说，"而他又不在。那老娘们儿真是一个地道的婊子。不过毕竟，那家伙也不过是一个认钱不认人的主，说不定在她之后，卡斯曼又雇佣了他呢。"

"说不定就连她自己也不在那里边。"虽然不知道这儿的时间流怎样，但一想到最近同那女人的遭遇，我便脱口将这话说了出来。不过，这样一来，倒是引得各种思绪，纷至沓来。"顺便问一句，那名王子叫什么？"我问。

"里纳尔多，"他回答道，"一个红头发的高大家伙。"

"她是他妈！"我脱口而出。

他笑了起来。"也只有这样你才能成为王子啊，"他说，"有一名做皇后的亲娘。"

不过，这也就是说……

"布兰德！"我说，"安珀的布兰德。"

他点了头："原来你也听说过这事。"

"算不上，也就知道这么多，"我回答，"跟我讲讲吧。"

"哦，她勾引了一名安珀人，一个名叫布兰德的王子，"他说，"有传闻说他们是通过某种魔法相遇的，一见面便对上了眼。她想将他留住，而且我听说他们还秘密举办了婚礼。不过，虽然他是她唯一想扶上卡什法王位的人，但他对此不感兴趣。他经常在外云游，一去就是好长时间。听人说，多年前，他是'黑暗之日'的主宰，后来死在了混沌和安珀的一场大战之中，是他的亲戚们下的手。"

"对。"我说，刚一出口戴夫便给了我一个奇怪的眼神，当中迷惑和审视皆有。

"再告诉我一些关于里纳尔多的事情吧。"我赶忙说道。

"也没什么可说的，"他答道，"她将他带大，我还听说她也教了一些她的法术。他不太了解自己的亲爹，因为布兰德常年在外。一个野孩子，经常不挨家，还同一群逃犯混在一起……"

"德尔塔的人？"我问。

他点了点头："同他们鬼混，他们说的，虽然当时，他亲娘正在悬赏抓捕其中的许多人……"

"等等。你是说她确实非常讨厌那些亡命之徒和雇佣兵……"

"'讨厌'兴许还不准确。以前她都懒得理会他们，不过等到她儿子和他们混在一起之后，她便开始发作了。"

"她觉得他们把他带坏了？"

"不是，我想她是不喜欢他一同她有什么口角，便跑出去找他们吧。"

"可你不是说，在她被迫对沙鲁·加卢尔动手之后，还眼睁睁地看着德尔塔得了一些锁钥中的财宝，并放他走了吗？"

"是的。当时就为了这事，里纳尔多和他老娘还大吵了一架。她最后妥协了。反正我是听当时在场的几个伙计说的。他们说，有那么几次，那小伙子确实挺身和她对着干，最后还赢了。实际上，这也正是那几个家伙逃亡的原因。他们告诉我说，她下了命令，要处死所有见到他们吵架的人，而他们几个，是唯一逃出来的。"

"真是心如蛇蝎。"

"对喽。"

我们走回原先所坐的地方，又吃了一些东西。狂风呼号的声音，越发凄厉了起来，一场暴风已在海面生成。我问戴夫有没有见过那种似狗非狗的巨兽，他告诉我说今晚就有一大群那种怪物，对着战场上的尸体大快朵颐，它们原本就是在这个地方土生土长的。

"我们各得其所，"他说，"我想要的是口粮、酒和值钱的东西，它们钟情的是死尸。"

"你都有些什么好东西？"我说。

他似乎突然醒悟了过来，好像觉得我要打劫他似的。

"噢，其实也没什么啦。我这人，就是有一个节俭的毛病，"他说，"所以把那些破烂玩意儿说得很要紧似的。"

"这事你可绝对不准说出去。"他补充道。

"那是肯定的。"我赞同道。

"不过，你是怎么来的这儿，默尔？"他赶忙问道，唯恐再说下去，我觊觎他的宝贝。

"走着来的。"我说。

"听起来不对呀，没人会自愿来这儿。"

"我根本就不知道自己会到这儿，而且我想我应该也待不了多久。"见他再次拿起那把小刀，在手中把玩起来，我说道，"在这种时节，到下面去讨口吃的看来也是行不通的。"

"那倒是。"他叹道。

这老笨蛋不会真打算攻击我来保护他的东西吧？住在这样一个臭烘烘的山洞当中，装神弄鬼，他想必是什么事都干得出来的。

"若是我能将你带到正确的道路上去，"我问他，"你还想回去吗？"

他狡狯地看了我一眼。"看来你也不大了解卡什法，"他说，"否则你也不会问我那么多问题了。你是说你可以把我送回家去吗？"

"难道你不感兴趣？"

他叹了一口气："确实是，不再感兴趣了。现在已经太迟了，这儿就是我的家，我喜欢隐士的生活。"

我耸了耸肩："好吧，多谢你的款待，还跟我说了这么多。"我说完，站起身来。

"你现在要去哪儿？"他问。

"我想我会先转转，然后回家。"他目光中隐约闪过了一抹阴鸷。我说完，径直向外退去。

他提起刀，握得更紧了一些，随即又突然放下，切了一片奶酪下来。

"给，你要是喜欢，可以带上点儿这个。"他说。

"不了，多谢。"

"只是想帮你省两个钱而已。旅途愉快。"

"好的，你慢用。"

在回那条小路的路上，吃吃的笑声一直不绝于耳，随即便淹没在风声当中。

接下来的数个小时，我都花在了侦察上，在山间转悠了几圈之后，又下到了那片雾气蒸腾而又震颤不休的陆地上，沿着海滩向前，穿过了海岸后面那片看起来较为正常的区域，越过了那片冰川的狭窄地带。在此期间，我一直同锁钥保持着一定的距离。我只是想把这个地方印在脑海里，这样，下次来时便容易得多，用不着再回到影子上，从那道门户而入。一路上，不时有成群的野狗映入眼帘，但它们对那战场上的尸体，远比活物要感兴趣得多。

在每处地形较高的边界处，都竖着一块界碑，上面的文字颇为古怪，不知是用作测绘辅助还是其他用途。最后，在一片探入冰雪地带约莫十五英尺的蒸腾地面上，我抱住其中一块，将其推翻在地面上。霎时，一阵地动山摇，我立刻被掀翻在地，堪堪避过了一道地缝当中喷薄而出的岩浆，逃得一命。没出半个小时，那片滚烫地带便已将那片小小的冰川地带全面占领。幸运的是，我跑得够快，这才没有引火烧身，而是站在远处，观察起了这消长之间的奇异景象。不过，事情似乎还没完。

我退回到穿越那片火山区域前所经过的山脚下，蹲伏在一片乱石之间，休息了一会儿，看着那片小小的区域，顷刻间沧海变桑田，烟雾和蒸汽，被风裹挟着四处乱撞。岩石纷飞，水中热浪翻滚，惊得一群食腐的鸟群，远远地逃了开去。

随即，远处有东西动了动。初时，我以为是地震的缘故。只见先前被我搬动过的那块界碑，轻轻升高了寸许，慢慢移动到了一边。没过多久，它又凭空往上升了起来，几乎已经离开地面，悬浮到了空中。接着，它径直朝着那片狂怒的区域，匀速飞了过去，直到——同我预料的一样——来到先前的位置，这才落了下来。顷刻间，震动又起，只是这次，摇晃的却是那片冰川，猛地杀了回来，正在收复失地。

我召唤出洛格鲁斯目力，这才看清那块界碑周围，早已笼罩上了一片幽暗的火光，而锁钥后面的一座高塔之上，也已射过来一道强烈的光线，同那界碑上的火光连在了一起，二者的颜色毫无二致。真神奇，若是能进那地方看看，这才值。

接着，先是一声轻叹传来，随即变成了呼哨之声，一阵旋风，从那片你争我夺的地面上升起，不停积蓄着，摇摆着，阴惨惨、苍茫茫，犹如一头与天齐高的巨象之鼻一般，突然一甩，朝着我袭了过来。我赶忙转身朝着高处爬去，在岩石和山头之间东躲西藏。那东西追了过来，就像是安装了智能制导装置一般，在如此奇诡的地形当中，居然穿梭如飞，聚而不散，显然是一种魔法。

决定用何种魔法来进行防御，原本就需要花费一定时间，若要准备就绪，则更费事。不幸的是，我只剩下了一分钟左右的时间，而那风的前锋，已是触手可及。

只见下一个转弯处有一道岩缝露了出来，弯弯曲曲犹如闪电一般，我不假思索，赶忙一头扎了进去，朝下面奔去。霎时间，我破烂的衣衫被刮得像是在鞭笞我，而那风，已在背后沙沙作响……

裂缝一路往里，我也一样，跟着它高低起伏，蜿蜒曲折，一路狂奔。沙沙的风声变成了呼呼的咆哮声，尘土飞扬，将我淹没，呛得我咳嗽连连。被风激起的沙砾，纷纷朝着我打了过来。我赶忙合身扑下去，伸起双臂，护住后脑。那地方离地面大约有八英尺，我相信那阵风，会直接从我头上吹过。

我趴在那儿，低声念出了防护咒语。虽然这咒语的力量，比起那摧枯拉朽的狂风，简直是小巫见大巫。

四下里沉寂下来，但我并没有贸然起身。兴许，是那飓风的主人，眼见得我已逃得鞭长莫及，因此撤回了力量，也有可能这阵风不过是前来探探虚实，随后还会有更多，没完没了。

虽然我没跳起身来，但却抬头看了看，只因我讨厌错过任何受教育的机会。

一张脸——或者，更像是一张面具——赫然悬在狂风之中，冷冷地盯着我。当然，那只是一种幻象，远比真实的要大上许多，而且有形无质。面具上面的脑袋，罩在一顶风帽下面，那面具异常完整，通体闪耀着钴蓝色的亮光，让我不由得深深地回忆起了冰球守门员所戴的那种头盔；一片白雾，从中分成了两股，犹如鼻息——未免也太夸张了一点儿，不大适合我的口味；稍低的地方，胡乱地开着一些小孔，像正歪着嘴冷笑一般；一阵变态的嘲笑声，从那面具上发了出来。

"你是不是做得有点儿过分了？"我说着，将洛格鲁斯举在头顶，蹲了起来，"你这装束对于一个过万圣节的孩子，还算过得去。可咱们都是成年人，对不对？一领简单的化装斗篷也就够了……"

"你动了我的石头！"那东西喝道。

"我对那东西只有纯学术的兴趣而已，"我一边坦白，一边放松自己，暗暗同洛格鲁斯融合，"用不着发这么大的火。是你吗，贾丝拉？我……"

呼呼的风声又起，先时还比较柔和，随即再次狂暴了起来。

"咱们做笔买卖怎么样？"我说，"你把暴风收了，我发誓再也不动你的界碑了。"

再次，一阵犹如厉风一般的怪笑响了起来。"太晚了，"对方回答道，"对你来说实在是太晚了。除非，你远不止你看起来的这么弱。"

真他娘的！战斗不一定总是眷顾强者，反而是好人更容易逃得命在，因为他们才是那些得留下写回忆录的人。我一直在忙着用洛格鲁斯的射线，傻乎乎地对抗那有形无质的面具，直到我发现了其连接处，那条通向其能量源的缝隙。且不管它背后是什么，我直接刺了过去。直捣黄龙！

一声惨呼，面具分崩离析，狂风四散，我站起身，再次跑了起来。不管我击中的是什么，我都不想再待在原地，因为那地方，说不定立刻便会土崩瓦解。

　　我原本可以绕道影子或是找出一条更便捷的撤退路线。不过，当我滑进影子当中时，若是被一名巫师跟上，这样便避无可避。于是，我掏出主牌，翻出兰登那一张。此时，我又转了一道弯，前方的岩缝突然收紧，我无论如何也过不去。我举起那张纸牌，开始集中意念。

　　顷刻间就连上了。不过，画面还没能固定下来，我便嗅到了被人搜寻的气息。我敢肯定，一定是我那戴蓝面具的死敌，阴魂不散地追了过来。

　　不过，此时兰登已经清晰起来，正坐在一面鼓后面，手握鼓槌。他将鼓槌放到一边，站起身来。

　　"该是时候了。"他说着，伸出一只手来。

　　我伸出手时，一股气流已朝着我的后背涌了过来。当我和兰登的手指刚一接触上，我向前而去时，那股气流已犹如巨浪一般，朝着我拍了过来。

　　我进了安珀的音乐室。兰登刚张开口，还没来得及说话，一阵花雨，便已兜头洒落了下来。

　　扫去衣襟上的紫罗兰，他注视着我。"这种感情，我更愿意你用语言来表达。"他如此评价道。

第四章

艺术家的肖像、冲突的目标、骤降的气温……

阳光明媚的午后，两个人，一座小小的公园，落寞而行。被拉长的沉默，无话找话的交谈，干巴巴的回应，紧绷绷的交流，一切，似乎都不再美好。长凳，落座，面朝花圃，心不在焉，言不由衷……

"好吧，默尔，那件事到底怎样？"她问。

"我不知道你说的是哪件事，茱莉亚。"

"别跟我耍嘴皮子，我只想要一个直截了当的回答。"

"你想知道什么？"

"你带我去的那个地方，从沙滩上去的，就在那天晚上……它究竟在哪儿？"

"那，只是一个梦。"

"放屁!"她侧过身来,面对着我,我必须直面这一对亮晶晶的眼睛,不动声色,"我回那儿去过,好几次,去找我们走过的那条路。没有山洞,什么都没有!到底是怎么回事?这到底是怎么了?"

"或许涨潮了,然后……"

"默尔!你把我当成什么样的白痴了?我们所走的那条路在地图上根本就找不到。那附近也没有人听说过那个地方。从地理上来说,这根本就是不可能的。时辰和季节总是在不停地变。唯一能说得通的解释,便是超自然或是非常规现象。你爱叫什么就叫什么。到底出了什么事?你清楚自己欠我一个解释。怎么回事?当时你究竟在什么地方?"

我转过目光,越过我的双脚,越过了花枝。

"我,不能说。"

"为什么不能?"

"我……"我能说什么?告诉她影子的事,那只会给她带来困扰,或是毁了她对现实的看法,更关键的是,在我内心深处,还隐隐有一个担忧,那就是,若是跟她说了实话,那接下来便得告诉她我是怎么知道这些的,也就意味着必须告诉她我是谁,从哪儿来,我是什么身份。而我,很害怕她知晓这一切。我告诉自己,这事有可能会和缄口不言一样,结束我们之间的关系。而且,若是这段关系无论如何都难以为继的话，我宁愿她无知无觉地离开。后来，许久之后，我开始反省此事时，才发现我真正不想告诉她的原因，其实是我还没准备好去信任她，或是其他任何如此接近那个真正的我的人。若是我早些认识她——能再多认识一年——我可能会毫不犹豫地告诉她，我不知道。我们从未曾说过"爱"这个字，但它想必在她心底里偶尔浮现过，我亦如是。我想，是我还不够爱她，所以才会不信任她，但等我明白这一切的时候，一切都已经晚了。于是，"我不能告诉你"这句话，便成为了我的答案。

"你有一些力量，可你不愿意分享。"

"随便你怎么说。"

"不管你想让我做什么，发什么样的誓，我都愿意。"

"这背后有原因的，茱莉亚。"

她站起身来，双手叉腰："甚至连这个你都不愿跟我说。"

我摇了摇头。

"魔法师，如果你爱的人都被挡在外面的话，那你的世界可真够孤独的。"

当时，在我看来，她似乎不过是想用这最后一招，逼我说出实话。我愈发咬紧了牙关，绝不松口。

"我可没这么说。"

"你用不着明说，你的沉默已经说明了一切。如果你也知道下十八层地狱的路的话，那你干吗不去啊？拜——拜！"

"茱莉亚，别……"

她置若罔闻。

生命依然如花……

醒来，夜幕四合，秋风盈窗。梦魇，生命之血，失去了身躯……天旋地转……

将双腿探出床沿，我坐起身来，揉了揉双眼和太阳穴。向兰登汇报完事情的经过之后，已是阳光明媚的午后，他让我眯上一会儿。当时的我，虽然拿不准具体是什么时辰，但却已被影子的时差折磨得晕头转向。

我伸了一个懒腰，起身打理一下自己，换上衣服。我知道，自己不可能再睡得着了。而且，我也有些饿了。我拿上一领暖和的斗篷，离开了卧室。与其去橱柜当中翻吃的，我还不如出去。我很想出去走走，我已经有……多年，没去王庭外面的镇上，走一走了。

我下了楼梯，抄近路穿过几间内堂和一条走廊。若是我愿意，可以沿着楼梯，穿过一条回廊，便到了后面，但这样一来，便会错过两幅我想打上一声招呼的挂毯：一幅是一片田园牧歌般的林中空地，一对夫妻正在野餐；一幅狩猎图上，猎犬正陪同几名男子，追逐着一头华丽的牡鹿，那鹿若是有胆越过前面的鸿沟，说不定还有脱身的机会……

我从画前而过，沿着回廊来到了后门，一名百无聊赖的侍卫听见我的脚步声，突然强打起精神。此人名叫乔迪，我停下来和他聊了聊，得知他得到午夜时分才能换岗，距离此时差不多还有两个小时。

"我要到镇上去，"我说，"晚上这个时候有没有什么吃东西的好地方？"

"您想吃点儿什么？"

"海鲜。"我决定了。

"哦，费记鲜里边的海鲜非常不错，沿着主干道大约得走上三分之二的距离，是一个讲究的地方……"

我摇了摇头。"我不想去那种讲究的地方。"我说。

"那奈记也不错，就在铁匠五金街的拐角附近，没那么讲究。"

"你自己去那儿吗？"

"原来去过，"他回答道，"不过，最近那儿被一些贵族和大商人看中了，我在那儿有些不自在，它变得有点儿像交际场所了。"

"倒霉！我不想找人说话，也不用考虑气氛什么的。我只是想好好吃上一顿像样的鱼。要是你，第一选择是哪儿？"

"哦，那就得走上一段路了。不过，要是您一直下到码头的话，它就在小海湾最深处，略微靠西……不过，您还是别去了，现在有点儿晚了，那地方在天黑以后，可不大友善。"

"不会是死亡巷吧？"

"有时他们这么称呼它，长官，因为一天早上，在那儿偶然发现了几具尸体。您一个人，要不您还是去奈记算了。"

"杰拉德曾带我去过那个区域一次，是在白天。没事的，我能找到路。那餐馆叫什么？"

"唔，血色比尔。"

"多谢。我会替你向比尔带个好。"

他摇了摇头："不行了。这是他死后，餐馆重新改的名字。现在，是他堂弟安迪在经营。"

"哦，那它原来叫什么？"

"血色山姆。"

好吧，真够有意思的。我向他道了晚安，出发了。沿着那条小路，我下了一段短短的阶梯，穿过一片园子，来到一道侧门前。另外一名侍卫将我领了出去。夜凉如水，秋风习习，送来了下面世界里深秋的气息。我深深吸了一口气，缓缓吐出，朝着主干道走去。远远地，一阵马蹄声传来，轻敲慢扬，犹如一段被忘却的梦境和记忆。夜空无月，但却群星璀璨。下方，两排高高的电杆排列在干道两侧，顶着一颗颗球形的灯泡，荧光流转，引得长尾的山娥，竞相扑腾。

来到大路上，我慢跑了起来。几辆车门紧闭的马车擦肩而过，一位散步的老人，用一条铁链牵着一条绿色小龙，相遇时轻抚帽檐，道了一声"晚上好"。虽然我笃信自己并不认识他，但想必他看到了我来时的方向。我这张脸在镇上并没有那么知名。渐渐地，我紧绷的神经松弛了下来，脚步也不由得轻快了许多。

兰登并未像我想的那般盛怒。鬼轮没再惹事，他也就没严令我立刻前去，再次尝试将其关闭，只是让我好好想想，拿出一个切实可行的方案来。弗萝拉先前已同他联系过，跟他说了卢克的真实身份。在得知了对头的身份之后，他好像反而略微放松了一些。不过，即便我张口去问，他也不会告诉我究竟打算如何对付他。不过，他倒是隐约提及最近曾往卡什法紧急派过一名代理，前去收集信息，但并未具体针对某人。实际上，最令他头疼的，却是那个亡命之徒德尔塔依然还有可能活着这事。

"关于那厮……"兰登开口说道。

"怎么了？"我问。

"首先，我亲眼看到本尼迪克特刺了他一个透心凉，一般人根本就活不了。"

"那狗娘养的可真够命大的，"我说，"要么就是走了狗屎运，或者，二者兼有。"

"如果真是他，那便是那个德萨克莱翠西的儿子。你听说过此人吗？"

"蒂拉，"我说，"她不是叫这个名字吗？宗教狂热分子？好战分子？"

兰登点了点头："她在'黄金圈'外围惹出了不少乱子，绝大多数都在伯格玛附近。你去过那儿吗？"

"没有。"

"哦，伯格玛是'黄金圈'上离卡什法最近的影子，正因为这样，你的故事才尤其有趣。她曾屡次袭扰伯格玛，而他们则拿她毫无办法。最后，他们只好拐弯抹角地提醒我们，说我们同所有'黄金圈'内的王国，都曾签过攻守联盟协议，所以，你爷爷便以私人的名义，去了一趟，对她略施惩戒。当时，她已将一座独角兽圣祠，烧成了一片平地。他带了一支很小的军队过去，击败了她的武装，将她投入了大牢，并把她的许多党羽，送上了绞刑架。不过，她却逃了出来。两年后，大家已将她忘到脑后，她带领一支全新的武装，又开始胡作非为。伯格玛再次惊慌起来。可当时你爷爷实在腾不出手，于是派布雷斯率领大军过去。几次交锋下来，不分胜负。他们不过是一些乌合之众，并非正规军，但最后，布雷斯还是将他们围了起来，一网打尽了。当天，她便死在了乱军之中。"

"这么说德尔塔是她儿子？"

"传言是这么说的，而且也能说得通，因为他所做的一切，都是为了骚扰我们。他不过是为了复仇，纯粹而简单，为的是他老娘的死。最后，他纠集了一支战斗力颇为像样的武装，试图袭击安珀。深入的范围，远超你的预料，都到了克威尔山下。但本尼迪克特早已埋伏在那儿，身后是他最为精锐的军队。本尼迪克特将他们分割包围，而且看起来，肯定已重伤了德尔塔。只消几个人，便能将他抬走，所以我们并没有看到尸体。不过真他娘的！谁又能料到？"

"这么说，你觉得他也正是卢克儿时和后来的那个朋友？"

"嗯，年龄相仿，而且他似乎也是那片区域的人。我想这极有可能。"

我一边慢跑，一边沉思着。根据那位隐士的描述，贾丝拉其实并不喜欢这个家伙。那他现在到底在扮演什么角色呢？太多的未知，承认远比解答要来得容易。所以，暂且由他，我还是好好享受我的晚餐吧……

我继续沿着主干道向下走去。远远的一头，一阵哄堂大笑声传了过来，几个已醉得不轻的酒客，依然霸占着街边酒馆中的一张桌子。其中一人正是卓帕，但他没有看到我，而我则径直走了过去。此时，我并没有消遣的情绪。我转向织女街，由此往前，便能直达从海港区蜿蜒而来的西葡路。一名身材高挑，身披银色斗篷，头戴面纱的女子，匆匆上了一辆等在原地的马车，在面纱下对我回眸一笑。我敢肯定，我并不认识她，虽然我很想。那笑容可真迷人。随即，一阵劲风袭来，送来一阵青烟的气息，将几片落叶，吹得沙沙直响。我暗暗想起了父亲，不知他现在身在何方？

沿着街道而下，左转，上了西葡路……此处明显要比主干道窄上一些，但依然宽阔。灯火萧疏了许多，但对于夜行人，已是足够。两名骑手，蹄声嗒嗒地缓缓而过，哼着一首我并不知名的歌。一个硕大的黑影，从头顶而过，停在了街道对面的屋顶之上。接着，一阵窸窸窣窣的抓挠之声传来，随即便陷入了寂静。沿着道路转向右边，随后再次左转，便是一段早已知悉的"之"字形山路。道路慢慢陡峭起来，一阵海风不知从何处吹来，送来了第一缕海的味道。没过多久——我想，兴许是两道拐弯过后——大海便现出身来：黝黑的海面，如一匹澎湃的丝绢，托着一串波光，随着海港街旁那星星点点而又蜿蜒曲折的街灯，渐次映入眼帘。东边的天际，微微透着一抹淡淡的白。海天相接处，影影绰绰一片暗影。几分钟过后，我想我瞥见了卡伯拉那缥缈的灯火，但转了一道弯之后，便失去了它们的踪影。

一汪亮光，犹如泼溅的牛奶一般，倾泻在右侧的街道上，明灭之间，依稀勾勒出了远处石子路面上那阴森的格子图案，立于其上的一根花里胡哨的电线杆子，想必指示的是一家幽灵理发店。电线杆顶那早已裂了缝的圆形灯罩，依然发着淡淡的幽光，恍若一根棍子上挑着的骷髅，令我不由得想起了儿时在王庭里常玩的一种游戏。一行浅浅的脚印，朝着山下而去，越来越浅，越来越浅，渐渐消失。秋夜的味道，早已淹没在了海风之中。左侧，一盏灰蒙蒙的路灯，挑在水面之上，映着大海那沟壑纵横的面庞，载沉载浮。

一路走来，胃口愈佳。前方，有一名身披黑色斗篷的行路人，不期而遇。只见对方走在街道对面，靴子边缘处，映照着一圈微光。我不由得憧憬了一下即将到口的鲜鱼大餐，于是匆匆和那人擦肩而过。门洞处，一只正在舔舐尾巴的猫停了下来，将一条后腿高高地撩在半空中，看着我而过。又有一名骑手走了过来，只是这一次，却是朝着山上而去。一男一女的争吵声，隐约从一幢幽暗房舍的楼上，传了下来。又是一道转弯过后，明月衔山，倏地装入眼帘，犹如一头刚刚出浴的瑞兽，抖落了一地亮晶晶的水珠。

十分钟过后，我已来到了海港区，找到了海港路。路上空荡荡一片，唯有窗棂当中泄出来的灯光，映照着一桶桶燃烧着的沥青和此刻正在冉冉升起的月亮。空气当中，大海的咸鲜味以及海藻的气息，越发浓重了起来。路上散落的垃圾，密集了不少，过往行人的衣着，也鲜亮了许多，口中的吵嚷声，我想除了卓帕，更是无人可与之相提并论。我一路朝着海湾后方走去，海浪之声愈发清晰入耳。海水相互激荡着，推搡着，积成了海浪，摔打在防波堤上，哗啦啦一声响。来势较缓的海波以及退潮时溢出来的海水，近在咫尺。海船那吃力的行进声，铁链哗啦啦的声响，以及泊在码头的小舟的砰砰声，交相辉映。我不由得想起了我的星暴，我的老帆船，只是不知它现在身在何方。

顺着蜿蜒的道路，我来到了海港西岸。一对老鼠，追逐着一只黑猫，打身前而过。我悠然而行，打量着两旁的店铺，寻找着我想找的那个地方。呕吐物以及小便混合的味道当中，还夹杂着其他莫名的臭味。附近不知何处，传来了一阵哭喊，期间还伴随着倒地的声响以及挣扎之声，让我愈发坚信自己找对了地方。远处，浮标上的铃声正在叮当作响；近处，一阵百无聊赖的骂骂咧咧之声，将两名水手，从我右侧最近的一个拐角处送了出来，他俩一面踉踉跄跄地向后退去，一面对我龇牙咧嘴地笑了笑，随后又操着嗓子，吼起了一首不知所谓的歌。我走上前去看了看街角处的那块路牌。海风巷——只见上面写着。

就是这儿了。往前走，便是人们口中的死亡巷。我转向那儿，又是一条大同小异的街道。前五十步，我并未看到任何尸体，甚至连倒地的醉汉都不曾见到一个。唯一的例外，便是一名男子倚着门洞，想要卖给我一把匕首，而一名大胡子，则想用一种年轻而紧实的东西，让我调理调理。我都拒绝了，不过从后一人口中得知，我离血色比尔已不远了。接着往前走，不经意间的一瞥，身后三名身穿黑斗篷的身影，映入了眼帘。我想，这些人有可能是跟踪到此的，在海港路时，便曾见过他们。不过，也有可能是误判。如此一想，心头的疑虑便打消了一些。他们也可能是不相干的路人，大可不必放在心上。相安无事，他们依然自顾自地走着。等我最终找到血色比尔，抬脚走进去时，他们径直走了过去，穿过街道，进了下面不远处的一家小酒馆。

我打量着血色比尔，只见吧台在我右手边，左侧摆放着几张桌子，地板上面散落着可疑的污渍。墙上有一块牌子，当天的菜谱，便用粉笔写在下方。我可以在吧台点菜，然后指明自己的座位。

于是，我走过去开始等，这招来了不少目光。一名眉毛灰白而又粗重的健硕男子，过来问我需要什么。我点了蓝海短尾，指了指后面的一张空桌。他点点头，透过墙上的一个孔，朝着后面大声吆喝出了我的菜名，随即问我想不想来上一瓶"巴利尿尿"。我要了，他拿了一瓶，打开，连着一个玻璃杯一起递了过来。我付了钱，朝着选定的桌子走去，靠墙坐了下来。

脏兮兮的玻璃灯罩下面，架子上的油灯明灭不定，数量倒也不少。三名男子，一名中年，两名年青人，正在前面角落的一张餐桌上打牌，将一支酒瓶递来递去。一名年纪稍长的男子，正独自坐在我左侧的一张餐桌上，吃着东西。一条令人触目惊心的伤疤，从他左眼眉框上贯穿而下，一把杀气腾腾的长剑，正摆放在他右侧的椅子上，约有六英寸露在鞘外。此人同样靠墙而坐。几名携带乐器的男子，坐在另外一张桌子上，我想是在歇息。向酒杯中倒了一些黄色的液体，我尝了一口，依然是多年前记忆中那独特的味道，适合大口痛饮。在东部大约三十英里的地方，巴里男爵拥有不少酒庄。他是王庭的官方葡萄酒供应商，而他出产的红酒算得上佳酿。不过，对于白葡萄酒，他则不那么在行了，通常他售卖到当地市场上去的，都是一些二等货色，上面贴着一个小狗标签——他喜欢狗——所以有时被称为"小狗尿尿"或是"巴利尿尿"，这得看跟你说话的是谁了。不过，爱狗人士有时会表示第一个称呼让他们很受伤。

吃的上来时，我留意到吧台前的两名年轻男子，正频频朝着我这边观望，显然并不是好奇那么简单。两人看完之后，又说上几句模糊不清的言语，哈哈笑上一阵，脸上笑容不断。我没去理会他们，而是将注意力转移到了食物上。没过多久，邻座那名刀疤男子便不动声色地对我轻声说道："免费建议。我觉得吧台那儿那两个家伙见你没带兵刃，已经决定要寻你晦气了。"他说这话时，并没有转过头来，只有双唇在动。

"多谢。"我说。

哦……我丝毫不怀疑自己解决他们两个的能力，不过，若是有选择余地，我觉得还是不去招惹的好。若是一把摆在明处的兵刃便能解决这一切，那倒是简单。

片刻的思考之后，洛格鲁斯便在我眼前摇曳了起来。随即，我将双手插了进去，开始搜寻趁手的武器——既不能太长也不能太沉，用起来还要顺手，剑柄得舒服，得配有阔大的黑色佩剑带，还得有剑鞘。这事花了我几乎三分钟的时间，我想，这一来是因为我太过挑剔——不过管他呢，如果非要一柄不可，那我宁愿它更舒服一些；二来，在安珀附近想要穿越影子，比其他任何地方都要难。

当它终于来到我手中时，我吁了一口气，擦了擦额头。随即，我慢慢将其从桌子下面拿出来，连着佩剑带什么的，有样学样地拔出寸许，将它放在了我右手边的座位上。吧台处的那两个家伙看到我这一表演，我咧嘴朝着他们笑了笑。他们又飞快地商议了几句，但这次却没有了笑声。我再次给自己倒上了一杯酒，一饮而尽。随即，我转向了自己的鱼。乔迪之言果然不虚，这地方食物的味道确实不错。

"高招啊，那个，"邻桌那人说道，"我想应该不容易学吧？"

"是的。"

"想必如此，好东西通常都这样，不然岂不是人人都会？不过，因为你是一个人，他们说不定还是不会放过你。这得看他们到底喝了多少酒，冒失到了何种程度。担心吗？"

"不。"

"我想也是。不过他们今晚总得寻上一个人的晦气，才算完。"

"你怎么知道?"

他第一次将目光转向了我,阴森森地笑了笑:"他们就这德性,就像是上好了发条的玩意儿。回头见。"

他将一枚硬币抛在桌面上,站起身来,系好佩剑带,拿起一顶黑色羽帽,朝着门口走去。

"当心。"

我点了点头。

"晚安。"

看见他起身出去,那两个家伙又开始嘀咕起来。只是这次,两人投向他背影的目光,明显多过了我这边。随即,他们似乎做出了什么决定,站起身来飞快地离开了。有那么一会儿,我很想跟上去,但最终遏制住了自己的冲动。没过多久,便听到街道上传来了打斗的声响。片刻过后,便见一个身影出现在了门口,挣扎了一会儿之后,一头栽倒在了地上。此人正是那两名酒客当中的一名,喉咙已被割断。

安迪摇了摇头,派了一名服务生前去通知当地警察,随即抓住那尸体的脚后跟,将他拖到了外面,以免影响川流不息的顾客。

随后,我又点了一份鱼,并趁机问安迪究竟出了什么事。他冷酷地笑了笑。

"招惹王庭密使能有什么好下场？"他说，"绝对讨不了好。"

"坐我旁边那哥们儿是为兰登工作的？"

他细细看了看我的脸，随即点了点头："老约翰也替奥伯龙卖过命，每次路过，都在这儿吃饭。"

"我在想，他到底在执行什么样的任务？"

他耸了耸肩："谁知道呢？不过他付的是卡什法纸币，我只知道他本身并不是卡什法人。"

开吃第二盘时，我又将此事想了想。不管兰登想从卡什法那儿得到什么，但凡有一丝一毫的价值，想必此时都正在送往城堡的路上。这事几乎可以肯定同卢克和贾丝拉有关。我在想它会是什么，能有什么用处。

随后，我在那儿坐了好一会儿，陷入了沉思。四下里比起一个小时前，安静了不少，就连那些乐师，也已开始奏起新的曲子。难不成约翰搞错了？那两个家伙一直观察的是他而不是我？抑或，他们只是想寻第一个出去的人的晦气？我越想越觉得自己渐渐恢复了安珀人的思考方式——多疑。毕竟，我已有那么长时间没回来了。我想，应该是环境的缘故。兴许，能再次回到原先的思考方式上来，也是一件好事。最近的麻烦实在太多，而自我保护，似乎也成了一种必要的投资。

我喝完了杯中酒，桌上的酒瓶当中还剩下几口，我没再动。不管从什么角度来说，我都不该让自己再迷糊下去了。我站起身，扣上了佩剑带。

经过吧台时，安迪点了点头。"如果碰到从王庭出来的人，"他低声说道，"您就说我没料到会发生今天这事。"

"你认识他们？"

"对。水手。他们的船是两天前进来的，之前也曾在这儿惹过事。花钱大手大脚，花完了便去找快速来钱的法子。"

"你觉得他们有没有可能会是专业杀手？"

"你的意思是，因为约翰的身份？不会。他们隔三差五便会被逮一次，主要都是因为太蠢。迟早会碰上硬钉子，给他们一个了结的。我想应该不会有人雇这种人去干什么要紧的事情的。"

"哦，他把另外一个也解决掉了吗？"

"对，就在街道上面不远。所以，你只消说这不过是事有凑巧，他们只是在一个错误的时间和地点撞见了而已，这就可以了。"

我注视着他，他皱了皱眉头。

"我看到你和杰拉德来过这儿，几年前。对于那些值得记住的面孔，我从来不会忘记。"

我点了点头："谢谢，你们的菜真的很棒。"

外面比先时凉快了许多。月亮更高了一些，海浪声也愈发嘈杂。四下里空无一人，一阵喧嚣的音乐声，从海港路下面传了上来，期间还夹杂着一阵阵哄堂大笑。走过去时，我顺便瞅了一眼，看到了一个神情恍恍的女人，正在一个小小的舞台之上，似乎在给自己做妇科检查。一名醉汉，单手前伸，从两座屋舍之间跌跌撞撞地朝我走来。我继续往前。港口那林立的桅杆当中，夜风在声声叹息。我突然很想卢克能陪伴在我身边——就像往昔那般，就像一切风平浪静之时——一个同我年龄相仿，一个能够倾心交谈的人。此处的所有亲戚，身上积累了几百年的世故圆滑，抑或是智慧，不管是看事情的角度还是对食物的感触，都很难同他们保持一致。

十步过后，弗拉吉亚突然在我手腕上剧烈地震动起来。眼见左近并没有人，我甚至都没来得及拔剑，便合身一扑，滚向了右侧。就在这千钧一发之际，只听得嗖的一声，从街道对面的房屋一侧传了过来。第一眼瞟过去，我便瞥见有一张弓，从一面墙后面探了出来。从其位置和高度上判断，若非我及时扑倒，肯定已被射中了。从其角度上来看，瞄准的正是我刚刚前行的方向。

我微微撑起身子，拔出剑，望向右侧。毗邻房屋靠近街道的一面，门窗紧闭，里面漆黑一片，前面的墙壁大约在六英尺开外，不过同左右两侧的房屋之间，皆有一定缝隙。从几何学上判断，刚刚那一箭应该是从前面的开阔地带射过来的。

一条门廊，贯通整个地方，上面盖着屋顶。我再次翻身，滚到了它旁边，还未完全起身，便翻了上去，这才站直身子，紧挨着先前的那面墙。一连串的动静，让我感到很不安。不过，此时我离那片开阔地已是不远，只要一有弓箭手现身，便能赶在他射出箭之前，扑上前去。当然，他也有可能绕到我身后放冷箭，这念头刚在脑海一闪，我便立时紧靠在墙壁之上，手中的长剑平伸，趁机飞快地瞥了一眼身后。弗拉吉亚已经松开，悬到了我的左手上。

　　若我到达屋角之后，还没有人现身，我就不知道下一步究竟该怎么办了。当前情形，似乎需要加上一层魔法防护才行。不过，除非事先早有准备——而我向来又是一个马虎之人——否则在这样的生死关头，一个人很难集中额外的精神，去完成它。我停下脚步，慢慢控制呼吸，凝神细听……

　　他一直很小心，但我还是听到了隐约的声响，以及在屋顶上移动的动静。正在朝前而来。不过，这不能排除在拐角处还有另外一人，或是更多。虽然我渐渐觉得这样的阵仗，对于一次普通打劫来说未免也太大了一点儿，但并不知道对方究竟埋伏了多少人手。在这种情况下，只安排一个人显然是不可能的。而且，对方应该会将人手分散埋伏。我待在原地，心念电转。埋伏一旦发动，那便会一环套一环，这一点我倒是可以肯定。脑海中映出了一幅画面，一名弓箭手正在拐角处，张弓搭箭，等待信号；屋顶上的那人，很有可能会手执刀剑，而且，极有可能这样的人，还不止一个……

这些人如果真的是冲我而来，那他们到底是谁，又是如何获得我的准确位置的？我将这些疑问全都抛到一边。此时再做这样的思索，已是无济于事。若他们真是刺客，那得手之后，我的钱包自然也是他们的。

再一次，一声轻响从头顶传了下来。有人正笔直地从上方过来，随时都有可能……

只听得哗啦一声响，伴随着一声大喝，一名男子从屋顶上一跃而下，朝着我前面的街道落了下来。他那一声大喝，很显然正是给那名弓箭手的指令。此外，那屋子的拐角处也立刻传来了动静，同时，我身后的另外一角，也传来了急骤的脚步声。

屋顶上跳下来那人的双脚还没来得及着地，我手中的弗拉吉亚已经朝着他投了过去，下达了击杀令。而我自己，则向前冲了出去。拐角处的那名弓箭手还没完全露出身形，我手中的剑已经挥了过去，直接斩断了他的弓和一条胳膊，一剑砍中了他的小腹。阴暗中，一名男子正提着一把出鞘的剑，站在他身后。门廊下面，已经有人朝着我冲了过来。

那名弓箭手的身体，早已弓成了虾米一般，我飞起左脚，正中胸膛，踢得他朝着他身后那人撞了过去，我就势转身，手中的剑画了一个大圈，微一调整，用力格开了门廊过来那人凌空击下的长剑，随即剑锋一转，刺向了他的胸膛。趁着他将我长剑格开的工夫，瞥见先前从屋顶跃下的那人，此时正跪在街上，双手在喉咙处拼命挣扎着。看起来，弗拉吉亚的那一击，也已奏效。

不过，身后那人倒是让我的后背完全暴露了出去，得立刻采取行动，否则他的兵刃，几秒钟之内便会砍到我身上。

借着反守为攻之际，我身子一晃，假装一个趔趄，实际上却暗暗聚集力量，稳住了身形。

他扑了过来，举剑下击。我跃向一侧，同时拧腰转身。虽然我身在运动当中，但他若是临时变招，我也立刻便能感觉出来。确实是险招，但除此之外，实在是没有其他选择。

甚至就连我的长剑插入他胸膛的那一刻，我也不知道他那一剑到底沾上了我没有。不过，不管他有没有得手，此时都已没关系了。我必须继续动手，除非，我自己停下来，或是被人逼停。

我将长剑当成杠杆，一边继续沿着逆时针方向旋转，一边带着他转动，希望能将他作为挡箭牌，挡在我和第四名杀手之间。

这一招起到了一定的作用。虽然仓促间并未能达到预期的目的，但至少及时在他和另外一人之前，挡了一挡。那人若想再次攻击我，必先一瘸一拐地走到门廊另一侧，再绕过来。我暗暗希望这段时间，对我来说够用。我现在唯一需要做的，就是把我的剑拔出来，然后便会是一对一的局面。

我猛地一拔……

该死，该死，真他娘的该死！那东西嵌进了骨头里，一时难以拔出。而另外那人，已经站起身来。我继续转动着那具尸体，将他挡在我和对面那人之间，同时探出右手，试图将刚刚被我杀死的这人手中紧握着的长剑夺过来。

真他娘邪门。那人虽已一命呜呼，但手指却依然犹如钢铁一般牢牢抓住剑柄，纹丝不动。

街上那人朝我阴森森地笑了笑，调整着手中的长剑，寻找着进攻的机会。就在此时，我瞥见他戒指上的那块蓝色石头。今晚，此时此刻，究竟是蓄意伏杀还是歹人抢劫，答案就全着落在那石头上面了。

我一边移动，一边双膝弯曲，用双手顶住了那具死尸的下半身。

眼前这样的场景，对我来说，有时会自动存入脑海——纯属下意识的反应以及灵光一闪般的顿悟——无休无止，但等回过头来看时，却又只剩下了一系列的片段。

沿街的许多地方，都传来了吆喝声，屋内屋外皆有。我能够听到人们朝着我的方向涌过来。四下里到处都是血渍，我小心翼翼地回避着，以防滑倒。那名弓箭手和他的弓，依然在目，二者都已被我砍折，就躺在门廊那边的地面上。被勒杀的那名剑客，正蜷缩在街上，就在同我对阵那人的右手边。被我带动着旋转的那具尸体，已经变得死沉。令我松一口气的是，四下里没有刺客再现身前来。而对面那人则一边同我周旋，一边挥舞着手中的剑，已做好了扑上来的准备。

好吧，是时候了。

我倾尽全力，将那具尸体猛地朝着对手一推，顾不得去看结果。现下已是万分危急，任何时间都浪费不起。

随即，我俯身一个侧滚翻，越过地上仰躺的那人。为了腾出双手对抗弗拉吉亚，此人手中的长剑，已被扔在一边。随即，便听到后脑的方向，传来了砰的一声撞击，接着便是一声闷哼，这说明我推出去的死尸，至少也擦上了另外那人。不过效果怎样，还有待观察。

身子滚过去的同时，我的右手犹如灵蛇出洞一般探了出去，一把捞起地上那人的长剑，翻身站起，拧腰转身，双剑平伸，双腿一错，向后跃去……

千钧一发。他正好犹如狂风暴雨般向我攻过来，我一边飞速后退，一边拼命格挡。他依然在笑，但我的还击，第一招便减缓了他的攻势，第二招便已将他完全挡了下来。

我稳住身形，寸步不让。他身体壮实，但我显然更快。四下里已围了不少人，都在看着我们。有几人还在不知所谓地吆喝着一些毫无用处的建议。至于到底想要帮谁，我就不得而知了。不过，这已经没关系了。他在原地抵挡了片刻之后，我手下开始发力，而他也开始慢慢向后退去。我心底笃信，一定能够将他击败。

不过，我还是想留他一条命，虽然这会让事情更加棘手。他戒指上那枚正在随他向后退去的蓝色石头，是那么的闪耀，似乎在告诉我它有着神秘的力量，能够告诉我我想要的答案。因此，我得步步紧逼，消耗他的体力，再将他生擒……

于是，我试着让他改变后退路线，一次一点点，却是毫不放松。我希望能将他逼向他身后那具死尸，将他绊倒。差点儿奏效了。

他后面那只脚，已经踩到了地上蜷缩着的那人的一条手臂，为了稳住身形，他重心不得不向前移了移。想必是出于本能，眼见我的长剑已经收回，正作势趁他趔趄之际扑上前去，他立刻借着向前俯身，反朝我撞了过来。我想，这兴许是我算计得太深，意图表现得太过明显的缘故。

他狠狠地一剑击在了我长剑的吞口处，同时自己的剑也向外荡了出去。就这样，我俩的身体撞在了一起，不幸的是，他借着转身之力，左手一拳，击在了我的腰上。

紧接着，他左脚向前一探，朝我绊了过来。从两人身体接触时撞击的力度来看，我避无可避。因此，我唯一能做的，便是伸出左手，一把抓住我的斗篷，向外一兜，随即一扯，在两人双双倒下的同时，一把裹住了我们的剑。同时，我尽力调整身体，想要压在他身上，不过却没能成功。我俩并排摔在了地上，依然面对着彼此，不知是谁剑柄上的护手——我想应该是我自己的——狠狠地撞在了我的肋骨之上。

我右手被压在身下，而左手依然裹在斗篷之中。不过，他的左手却是自由的，而且还高举在半空中，接着便朝着我的面门抓了下来。我咬了他的手一口，但仍让它挣脱了出去。此时，我终于将我的左手挣脱出来，挥向了他的面部。他转过头去，试图用膝盖顶我的臀部，接着又将指头插向了我的双眼。我一把抓住他的手腕，牢牢握住。我们两人的右手依然被别在身体下面，倒也公平。于是，我唯一能做的，便是左手用力，慢慢收紧。

在我用力一握之下，他左腕的关节发出嘎吱的声响，他第一次惨叫出声来。随即，我将他推开，翻身跪起，同时起身将他拖了起来。游戏已接近尾声，我赢了。

突然间，他在我手中瘫软了下去。有那么一小会儿，我以为他又要耍什么花招，但随即，却看到一柄剑，从他后背刺了出来。而刺出这一剑的那名一脸冷酷的男子，正在双手用力，想要将那剑拔出去。

"狗娘养的！"我用英语怒骂了一句——不过我觉得对方肯定明白这话的意思——放下手中的东西，迎面一拳，击向了那陌生人的脸，将他打得向后跌了出去，而那把剑，则留在了原地。

"我需要他！"

我抱起刚才的对手，尽量找一个最为舒适的姿势。

"谁派你们来的？"我问他，"你们又是怎么找到我的？"

伴随着滴答的鲜血，他气息奄奄地笑了笑。"没有赠品，"他说，"你去问别人吧。"说完，一头栽向前来，染了我一身的血。

我将他手指上的戒指取下，放进了那几块该死的蓝色石头里，随即站起身来，怒视着将他刺死的那名男子。此时，另外两人，正在将他扶起。

"你他娘的到底想干什么？"我一边问，一边逼上前去。

"我他妈的刚刚救了你一条小命。"那人嘟囔道。

"放你妈狗屁！你知道什么！我需要活口！"

随即，他左侧那人说话了，而我则立刻认出了那个声音。无意之中，我一只手已经高高扬起，打算再次朝那人打过去。她将一只手轻轻地放在了我的胳膊上面。

"是我命令他这么做的，"她说，"我怕你有生命危险，并不知道你想生擒那个人。"

我盯着她隐藏在斗篷下面那苍白而又傲慢的脸庞，是薇塔·巴利，凯恩的女人，上次在葬礼上曾见过。此外，她还是巴利男爵的三女儿。而这位爵爷，安珀的许多狂欢之夜，都得指望他提供酒水。

我意识到自己开始轻微颤抖起来，于是深深吸了一口气，控制住自己。

"我明白了，"我最后说道，"谢谢你。"

"对不起。"她告诉我。

我摇了摇头："不知者不怪，过去的事就算了。不管是谁，只要存心帮我，我都心存感激。"

"我还可以继续帮你，"她说，"在这件事上我兴许是误会了你，但我相信你依然还有危险。咱们先离开这儿再说。"

我点了点头："请稍等。"

我走上前去，将弗拉吉亚从另外一具尸体上解了下来。她随即飞快地消失在了我的左袖当中。我情急之中抢来的那柄长剑，同我的剑鞘刚好搭配。于是我还剑入鞘，调整了一下刚刚被推到身后的佩剑带。

"咱们走吧。"我告诉她。

我们四人立即甩开步子，朝海港路走去。兴致盎然的看客们，立刻为我们让出路来。其中一些人，想必已经开始劫掠起了那些死人身上的东西。事情开始失去了控制，真他娘的，这儿可是家呀。

第五章

明月高悬，星空闪耀，肋下被剑柄撞过之处，依然在隐隐作痛。伴着这位名叫薇塔的女士以及她从巴利庄园带来的两名侍从，我穿过海边的迷雾，离开了死亡巷。不幸当中的万幸，肋下的这个肿块，成为了今晚这场遭遇战中，我唯一留下的伤处。我刚一回来，他们便能如此迅速地锁定我的位置，个中缘由，我实在说不上来。不过看起来，薇塔似乎知道点儿什么，而我更倾向于信任她。不仅仅是因为我同她有过数面之缘，还因为她失去了自己的男人，也就是我的凯恩叔叔，而元凶，正是我之前的好友卢克。而且，自始至终，他的党徒似乎都同那种蓝色的石头，有着千丝万缕的联系。

　　离开海港路，转向海滩方向时，我问她在想什么。

　　"我还以为我们要去葡萄园呢。"我说。

　　"你知道的，你有危险。"她解释道。

"这是明摆着的事情。"

"我可以带你去镇上，家父的寓所，"她说，"也可以护送你回王庭，不过有人已经知道你来了这儿，想追踪到你，用不了多长时间。"

"没错。"

"从这儿下去，我们泊了一条船，沿着海岸航行，天亮时分便能到达家父的一处乡村寓所。你得消失一段时间才行，让那些在安珀寻找你的人，也吃点儿苦头。"

"你不会觉得我即便是回王庭也不安全吧？"

"也许，"她说，"不过你的行踪肯定有人知道，跟我去，情况就不一样了。"

"如果我失踪了，兰登会从侍卫那里知道我去了死亡巷，这会引起一定程度的恐慌和骚乱。"

"你可以明天用主牌跟他联系，告诉他你在乡下。如果你带了主牌的话。"

"那倒是。今晚你是怎么知道我在那儿的？别告诉我是巧合啊。"

"不是，我们是跟着你来的，就在血色比尔对面。"

"你猜到今晚会出事？"

"我只是觉得有这个可能。如果我真能未卜先知，那便不会让它发生了。"

"到底怎么回事？你都知道些什么，还有你在这件事中扮演了什么角色？"

她笑了起来，我意识到这还是我第一次听到她笑。并非预料中，凯恩的女人应有的那种冰冷而又揶揄的笑声。

"我想趁着涨潮之时起航，"她说，"而你想要的却是一个需要花上一整晚才能讲完的故事。你怎么选，梅林？要安全还是要满足感？"

"我两样都想要，不过一样一样来吧。"

"那好吧。"她说着，转向了个子较矮的那名侍从，就是被我揍的那个，"加尔，回家。等到了早上，告诉我父亲说我决定回阿伯庄园。告诉他说今晚潮汐不错，我想出海，所以船归我了。别提梅林。"

那人碰了碰自己的帽檐："遵命，大小姐。"

他转身朝着我们来时的方向离去。

"来吧。"她说完，领着我和那名高个子——事后得知此人名叫德鲁——沿着防波堤往下走，来到了一条修长、光洁的帆船前。

"经常出海吗？"她问我。

"以前，算是吧。"我说。

"那就好。你可以给我们搭一把手。"

我照做。大家都没多说话，开始忙着解缆、升帆、出港。德鲁负责掌舵，我负责调整帆的方向。随后，我们便轮换着来，做得倒也从容。海风还算厚道，实际上，堪称完美。我们扬帆起航，绕过了防波堤，顺风顺水地出了港。收起了各自的斗篷之后，我看到她下身穿一条黑色的裤子，上面是一件厚实的衬衫。很实用的装束，就像是事前早有准备一样。佩剑带下面，悬着一柄真正的长剑，标准尺寸，并非那种珠光宝气、匕首般的东西。而且从她的脚步上来看，剑术想必不差。除此之外，她还让我隐隐想起了一个人，但一时又想不起来到底是谁。让我产生联想的，更多的是她的声音和举手投足间的神态，而非长相。不过无所谓，我还有更重要的东西要想。于是，等帆船稳定下来之后，我便忙里偷闲，凝视着黑沉沉的水面，开始飞速回想起来。

　　我对她的总体情况，还算知道一些，而且也曾在社交场合同她碰过几次面。我知道她清楚我是科温之子，生于混沌王庭，并在那儿长大。混沌王庭在古时便同安珀有着一定的血缘关系，而我又有一半的混沌血统。上次我们谈话时，她很显然已知道，我去了影子多年，试图在那儿安顿下来，并完成教育。据推测，凯恩叔叔似乎在有意无意地让她知道一些家族事务。这让我不禁在想他们的关系到底有多深。听说他们已在一起好几年，所以我并不知道我的事，她知道多少。虽然同她在一起相对安全，但我还是得早下决心，决定究竟该告诉她一些什么，好换取她手中的那些信息。而这些信息，极有可能同我今晚的遭遇有关。此外，我还有一种感觉，那便是这次会面，会是一场交易，而不仅仅是家族成员之间互施援手那么简单，因为她没理由会对我个人有任何兴趣。她在整件事当中的动机，就我目前推断，很有可能同复仇相关，为的是凯恩的死。想明白这些之后，我还是愿意交易的。能多一位盟友，毕竟也算得上是好事。不过，我得尽早拿定主意，想明白整件事情当中，究竟应该告诉她多少。现在，我身边的局势是如此纷繁复杂，难不成也让她搅和进来？我有些怀疑，同时也怀疑她究竟都能提出一些怎样的问题来。最大的可能，那便是她只是对复仇相关的事情感兴趣。当我回望月光下她那消瘦的面庞时，确实很难将一个复仇者的面具，给戴到那上面。

离开海滩，乘着海上的微风一路向东，越过克威尔那巨大的岩石，看着安珀的灯火在她发梢结成一串珍珠，刚才的感觉，不禁又浮现在心底。虽然从小生长于黑暗之中，犹如王庭非欧几里得①悖论当中的一道异族闪电，早已见惯了那些超凡脱俗的美，但每到安珀

---

① 欧几里得，以欧几里得的公理为基础，对点、线、角、面和立体的研究。其重要性不在结果，而在欧几里得用来发展及呈现的系统性方法。这种公理方法是2000多年来许多理性思想体系(甚至体系外之数学)的模范。欧几里得从10个公理和公设中演绎出465个公理或命题，涉及了平面与立体几何图形各方面。这项研究工作曾长期进行，以精确地描述实体世界，并为了解几何提供了充足的基础。19世纪时，一些欧几里得公设受到摈弃，因而产生了两个非欧几里得几何，并证实同样有效而连贯。

一次，便会对她多出一份亲近，直到最后渐渐意识到她便是我自己的一部分，终于将她也当成了我自己的家。我并不想让卢克在她的山麓上撒满枪手，也不想德尔塔带着他的雇佣军对她发动突袭。我清楚，为了保护她，我会毫不犹豫地同他们战斗到底。

后面的沙滩，就在凯恩长眠之所的附近，我想我看到了一道神气活现的白影，先慢后快，最后消失在山坡上的岩缝之中。我猜，那是一头独角兽，但一来天色太暗，二来距离太远，加之那道白影转瞬即逝，所以我也说不准。

没过多久，便有好风袭来，让我感激涕零。虽然白天里已经睡过了一觉，但此时我还是累了。逃离水晶穴，遭遇门神，被那阵龙卷风和它那戴面具的主子给追得屁滚尿流……如此种种，原本便一直在我心底徘徊不去，而现在，又加入了一起截杀。除了倾听海浪的拍打声，凝视着漆黑而又峭壁耸立的海岸从舷外悄悄划过，或是回头打量右舷外那闪着微光的海面，我什么都不想做，不想去想，不想再动……

一只白皙的手，搭上了我的胳膊。

"你累了。"我听到她说。

"我想应该是。"我听到自己说。

"这是你的斗篷，干吗不披上休息一下？现在风平浪静，我们两个就能轻松应付，不用你帮忙。"

我点了点头，将斗篷裹在身上。"好吧，我听你的。谢谢。"

"饿了吗？渴不渴？"

"不，我在镇上吃了不少。"

她的手继续放在我的胳膊上，我抬头凝视着她。她正在笑，这是我第一次看到她的笑容。她伸出另外一只手，用指尖摸了摸我衣襟上的血渍。

"别担心，我会照顾你的。"她说。

我回了她一个微笑，因为她似乎正是如此期待的。她捏了捏我的肩膀，随即离开了我。我注视着她的背影，在想，先前想到她的时候，是不是遗漏了什么东西？不过，此时的我实在太累了，无暇去解决一个未知的问题。我的思维机器，正在渐渐慢下来，慢下来……

背靠船舷，伴随着波涛轻轻摇晃，我任由自己的头，一上一下地点着。透过半睁半闭的双眼，我看到了她在雪白衣襟上指出来的那些血渍。血。对，就是血……

"第一滴血！"迪斯皮尔叫道，"够了！你满意了吗？"

"不！"朱特恨声说道，"我差点儿就没抓到他！"说着，他在自己那块石头上一转身，翠西璞上的三角爪便朝着我挥了过来，打算故技重演。

鲜血从我左前臂的伤口处渗了出来，凝聚成血珠，随即升到半空中，犹如一捧红宝石一般，四下飘散。我高高举起梵盾，摆出了防御的姿势，压低我自己的翠西璞，探向右侧，指向前方，同时左膝弯曲，带动脚底的石块，绕着双方共用的中轴，旋转了90度。朱特立刻调整自己的姿势，下沉六英尺。我再次90度转身，这样一来，我们两人似乎便掉了一个个儿。

　　"安珀野种！"他骂道。三道标枪似的亮光，从他手中的家伙上发出，向我斜刺而来。我手中的梵盾一扫，登时将它们击散，犹如万点流星一般，旋转着，落进了我们脚下的混沌深渊中。

　　"放屁！"我手中的翠西璞一紧，三角刃上立刻便有三道跳动着的光束，射了出来。我将其举到头顶，朝着他的胫骨挥了过去。

　　他手中的梵盾一挥，就在那些光束即将到达八英尺极限时，将它们一一扫落。接下来，翠西璞需要三秒的暂停，才能恢复光焰，但我已朝着他的面门虚击了一招，趁着他还没能将梵盾举到位时，手中的翠西璞一转，切向了他的双膝。他一压手中的梵盾，破了一半光束，随即刺向我的面门，接着向后一个360度转体，休整护住后背，顺势起身，高举梵盾，砍向我的肩膀。

　　不过，我早已有了动作，身子一蹲，绕着他转了起来，反攻他暴露出来的肩部，但可惜距离远了点儿。迪斯皮尔站在他自己那块水上皮球一般大小的石头上，也在我右侧远远地旋转了起来，而我的支持者——曼多——从高空中赶忙落下来。我们移动着脚步,各自站在自己的小石头上。混沌的外层暗流,不停地打转,我们犹如身处漩涡边缘。朱特随着我旋转起来,左臂平伸,手腕和手肘处套着梵盾,慢慢地画着圈。一片三尺来长的朦胧丝网,底部闪着旋光,在野火的照耀下,尤其闪耀。而那野火,则每隔上一段时间,便会喷薄一次。他将自己的翠西璞当胸收起,摆出了进攻的架势,同时露出牙齿,但却并非在笑。我在他对面,继续绕着十英尺直径,不停地转着圈,寻找着破绽。

随即,我略微改变了一下转动轨迹,斜对着他,而他则立刻跟着调整。我再次试了试,他也一样。随即,我一个俯冲,90度角笔直向前,同时举起梵盾,探了出去,翻腕沉肘,从他防御圈的下方,斜切了进去。

他咒骂了一句,劈了过来,我震散了他的光束,三条黑印立刻出现在他左侧大腿上。翠西璞上的光芒,只切开了约莫四分之三英寸的皮肉,因此一般都会直攻咽喉、双目、太阳穴、手腕内侧以及大腿动脉。这些位置,一旦被击中,便会立刻带出一片血雨,让你的对手坠入万劫不复之地,你便可以从容地同他挥手说再见了。

"血!"眼见得有血珠从朱特腿上冒出来,飘散了开去,曼多喝道,"满意了吗,绅士们?"

"我满意了。"我回答道。

"我没有！"朱特一边回答，一边转过身来面对着我，见我移动到了他的左侧，他也转向了我的右侧，"等我割断了他的喉咙，再来问老子！"

不知为何，朱特尚未学会走路，便学会了恨我。至于其中的原因，恐怕只有他知道。虽然喜欢他并非我能力所及之事，但我也不恨他。我和迪斯皮尔的相处，还算尚可。虽然他更多时候会护着朱特，但情有可原。毕竟，他们是亲兄弟，朱特是小宝宝。

朱特的翠西璞一闪，我击散光芒，转守为攻。他挡住我的光束，转向一侧。我紧跟而上，两人的翠西璞同时光焰暴涨，待得各自将对方的光束击散之后，我们之间的空气中，已是寒芒万点。我再次出手，翠西璞上的光芒刚一恢复，便攻向了他的下盘。而他，则从高处攻击而下。又一次，各自的攻击全被梵盾化解。两人间的距离，更近了一些。

"朱特，"我说，"咱俩不管是谁杀了谁，活着的那个都得亡命天涯。到此为止吧。"

"那也值得，"他说道，"你难道不觉得我已经考虑过这事了吗？"

随即，他猛地朝着我的面门砍了过来。我双臂一弹，梵盾和翠西璞双双举起，震散他攻过来的光芒的同时，攻了出去。一声惨呼传了过来。

待我将梵盾压到双眼处时，这才看到他已弯下了腰，翠西璞已被震飞，左耳根处先是现出了一条红线，飞快地渗出血珠，随即整只耳朵都掉了下来。一块头皮，也已被掀起，他正在试图将其按回原处。

曼多和迪斯皮尔已经盘旋着飞了进来。

"我俩宣布，决斗终结！"他们大声叫道。我将翠西璞收回到安全状态。

"有多严重？"迪斯皮尔问我。

"我也不知道。"

朱特靠了过来，让他们检查。过了一会儿，迪斯皮尔说道："他会好起来的。但妈妈肯定会疯掉的。"

我点了点头。"都是他自找的。"我说。

他扶着朱特，飞往混沌边缘处的一片凸起之处，手中的梵盾犹如一只折了的翅膀。我滞留在后面。萨沃之子曼多，我同母异父的哥哥，将一只手搭在了我肩上。

"你不是故意的，"他说，"我知道。"

我点点头，咬住了嘴唇。不过，迪斯皮尔对黛拉夫人，也就是我们的母亲的评价，倒是对的。她原本就偏爱朱特，而且他有的是办法将所有责任都推到我头上，并令她深信不疑。我有时觉得，她对萨沃两个儿子的喜欢，远超于我。放弃父亲之后，她最终嫁给了萨沃，这位老迈的戍边公爵。我曾听人说，我经常会让她想到我的父亲。据说，我同他的相像，远不止一点点。我再次想到了安珀和其他远在影子之中的地方。一念及此，翻腾的洛格鲁斯，再次浮上心头，一阵熟悉的剧痛，伴随着恐惧，立刻袭了过来。我知道，若想前往别的土地，那洛格鲁斯，便是门票。我知道，我迟早得试上一试。这种感觉，此时尤为强烈。

"咱们去看宿慧吧，"起身一起走出混沌深渊时，我对曼多说道，"我还有不少事想要请教他。"

等到我终于离开，上了大学之后，并没有花多少时间在写家书上面。

"……家，"薇塔正说道，"很快就能到了。喝点儿水吧。"她递了一个小壶过来。

我喝了几大口，递还给了她："谢谢。"

我活动了一下酸胀的肌肉，吸了几口清凉的海风。再看月亮时，它已转到了我的肩后。

"你真是睡着了。"她说。

"我有说梦话吗？"

"没有。"

"那就好。"

"做噩梦了？"

我耸了耸肩："还更糟。"

"兴许你弄出了一点点动静，就在我叫醒你之前。"

"哦。"

远远的，一缕灯火从前方漆黑的海岬后面露了出来。她朝着那边指了指。

"转过那道海岬后，"她说，"咱们便能看见巴利港了。在那儿，咱们能找到吃的和马匹。"

"它离阿伯庄园还有多远？"

"大约一里格，"她答道，"骑马很快。"

她静静地待了一会儿，看着海岸和海水。这是我们第一次如此简单地坐在一起，手上无活，心中无事。不过，魔法师的直觉却在心底里蠢蠢欲动。我觉得她身上似乎笼罩着一层魔法，并非她身上所特有的气质和吸引力，而是一种捉摸不透的东西。我召唤出我的视觉，转到了她身上。并没有什么东西立刻显现出来，但出于谨慎，我还想继续查看一下，于是，透过洛格鲁斯展开了探究……

"请别那样。"她说。

我尴尬不已，如此探究一名同行，确实有些不雅。

"对不起，"我说，"我没料到你也是一名魔法学徒。"

"我不是，"她回答道，"我只是对它的施为有些敏感。"

"如果真是那样的话，你说不定会是一块好料子。"

"我志不在此。"她说。

"我刚才觉得你身上好像被人给下了咒，"我解释道，"所以这才想……"

"不管你看到了什么，"她说，"都不用管，就让它那样吧。"

"随便你。抱歉。"

不过，未知的魔法便代表着未知的危险，想必她也知道我不会就此死心，于是接着说道："对你不会有害，这一点我可以向你保证，而且还恰恰相反。"

我等着，可她没再继续说下去，于是我只好暂时将这个话题放到一边，将目光移回到了那座亮灯的房子之上。不过，她究竟为何要对我如此感兴趣？她又是怎么知道我回到镇子的？更别说我知道去的是死亡巷。她想必也知道我会有这样的疑问，因此，若建立双方的信任，我觉得她应该愿意解释一下。

我转向了她，她再次莞尔一笑。

"风转向了那光的下风弦，"她说着站了起来，"抱歉，我得干活了。"

"需要我帮忙吗？"

"一点点。需要的时候我会叫你的。"

看着她离开的样子，我突然有了一种奇怪的感觉，觉得她不管看向何方，看的都是我。而且，我还意识到，这一感觉，如同这大海一样，已经陪伴了我一段时间。

等到帆船靠了码头，我们将一切打理好，沿着一条卵石铺成的宽阔道路，朝一间青烟袅袅的客栈走去时，东方的天际，已经露出了鱼肚白。一顿丰盛的早餐过后，晨曦已经洒满了大地。随后，我们走进了马房。里边随时都备着三匹坐骑，以供宾客前往她父亲的庄园之用。

天气清新而澄澈，正是一年当中最为难得的秋日。我终于放松下来，而且这间客栈当中还有咖啡——这东西在安珀可不常见，特别是在王庭之外——而我又是那种喜欢在清晨享受一杯的人。在这样的乡村闲庭信步，闻着大地的芬芳，看着湿气一点点从亮晶晶的田野和枝叶上褪去，感受着风的气息，眺望着一路南飞，朝着太阳群岛而去的鸟儿，聆听着它们的声声鸣叫，我们一路默默骑行，沉浸在自己的思绪当中。每当我闭上眼睛，想起过去的那些日子，懊恼、背叛、痛苦以及暴虐的感觉，便会横亘在心间，依然强烈，但也减轻了一些，尤其是看到自己正同薇塔·巴利骑行在清晨的天空之下，看着路旁的石头栅栏，听着海鸟的零落鸣叫，在安珀东部的这片酒乡之中，似乎就连时间的镰刀，也丧失了应有的锋利。

来到阿伯庄园后，我将马匹交给了巴利家族的马夫，由他们负责送回镇上。德鲁随即离开，前往自己的驻地，而我则同薇塔一起，朝着山顶上的庄园宅邸走去。一路上，远远的有乱石嶙峋的山谷和种满葡萄的山麓，映入眼帘。快到宅邸时，一群狗迎了上来，在身旁热情地摇着尾巴，等到我们进了园子之后，它们的叫声仍或还能传到耳畔。

华丽的木材、精心打制的铁器、石板铺就的地板、高耸的屋顶、高高的侧窗、家人的画像、精致的挂毯（橙色、棕色、乳白和蓝色不一而足）、略带锈迹的古董兵器、炉台上的烟尘……我们穿过了高大的前厅，上了楼。

"你就住这间房。"她说着，打开了一扇深色木门。我点点头，进去看了看。屋子很宽敞，几扇大大的窗户，正好俯瞰南面的山谷。大部分仆从，这个季节都在镇上的男爵庄园之中。

"隔壁房间就是浴室。"她指着我左侧的一扇门，告诉我。

"太棒了。多谢。我正需要这个。"

"好好休息一下吧。"她说。我走到窗前，俯看着下面。"如果没什么问题的话，大约一小时后，我会在那个露台上等你。"

我走过去，看了看下面那片铺着石板的硕大区域，只见花圃环绕，几株古木，浓荫匝地，上面的叶子早已变成黄色、红色和棕色，许多还飘零到了露台上。露台当中空空一片，摆放着几套桌椅，几株盆栽，点缀其间。

"很好。"

她转向了我："有没有什么你特别喜欢的东西？"

"如果有咖啡的话，等跟你见面的时候我倒是不介意再喝上一杯。"

"我尽力而为。"

她笑了笑，身子似乎轻轻朝着我这边靠了靠，看起来像是想让我拥抱的模样。不过，若不是这样，那便有点儿小尴尬了。在目前这种环境下，在摸清她的葫芦里到底卖什么药之前，我还不想同她太过熟络。于是，我回了她一个微笑，伸出手拍了拍她的胳膊，说："谢谢你。"随即走开，"我想我现在该去看看那间浴室了。"

我陪她走到门口，将她送了出去。

能够把靴子脱掉的感觉可真好，能够泡上一个长长的热水澡的感觉，则更妙。

随后，换上一身用魔法招来的行头之后，我来到楼下，找到了一扇由厨房直通露台的侧门。薇塔同样梳洗了一番，换上了棕色的骑马长裤和一件宽松的黄褐色罩衫，正坐在露台东面的一张桌旁。桌子上摆放着几样东西，我看到了一把咖啡壶和一托盘水果，以及奶酪。踏着一地落叶的嘎吱声响，我走过去，坐了下来。

"一切还满意吗？"她问我。

"全都很好。"我答道。

"你通知安珀你在哪儿了吗？"

我点了点头。得知我瞒着他私自外出，兰登有点儿恼火，不过话又说回来了，他又没告诉我出来前必须向他汇报。好在，当他得知我并没有走太远之后，气略微消了一些，最后甚至承认说在遭遇这么奇怪的袭击之后，消失上一段时间，对我来说兴许是一个聪明的决定。

"随时留意，有什么事及时知会我一声。"这便是他最后的一句话。

"好。咖啡？"

"有劳了。"

她倒了咖啡，指了指那个托盘。我拿起一个苹果，咬了一口。

"事情开始发生了。"她一边给自己倒咖啡，一边说了这样一句没头没尾的话。

"我不否认。"我坦承道。

"而且你的麻烦还相当复杂。"

"没错。"

她啜了一口咖啡。"你愿意跟我说说吗？"她最后说道。

"它们确实有一点儿复杂，"我答道，"你昨晚也说了，你自己的事情也是一言难尽。"

她浅浅地笑了笑。"你肯定会觉得在这个时候，没理由太过于相信我，"她说，"这一点我看得出来。不到万不得已，特别是在危险就在眼前的情况下，干吗去相信一个你自己并不完全了解的人？对不对？"

"这对我来说确实像是一个不错的策略。"

"不过我还是要向你保证，你的平安，是我最高的关切。"

"你是不是觉得通过我可以查到害死凯恩的凶手？"

"对，"她说，"而且他们也有可能会变成杀你的人，所以我更要抓住他们。"

"你不会想说复仇并不是你的主要目的吧？"

"正是。比起为逝者复仇，我更愿意保护生者。"

"可如果这两件事同时落到了一个人的头上，那就有点儿不切实际了。你觉得呢？"

"我也说不准，"她说，"昨晚那些人是卢克派来的。"

我将手中的苹果放在咖啡杯旁，喝了一大口咖啡。"卢克？"我说，"谁是卢克？你认识一个叫卢克的人？"

"卢卡斯·里纳尔多，"她不慌不忙地说道，"正是此人，在新墨西哥州北部的佩克斯荒野当中训练了一批亡命徒，给他们装备了可以在安珀使用的特殊弹药，然后将他们遣返，等待他的命令再集结，送往这儿。尝试你父亲多年前曾尝试过的事情。"

"老天爷！"我说。

这样一来，许多事情便都解释得通了。比如卢克回到圣菲的希尔顿酒店时，为何会那么疲惫，为何要编出一套说自己喜欢在佩克斯附近远足的托辞，以及我为何会在他的衣兜之中找到那枚奇怪的子弹，还有就是他为何屡屡前往那儿。次数明显比正常的商务差旅要多许多。我从未以这个角度思考过这些事情，但它同之前我所了解的一些情况相互印证之后，却是那么的合理。

"好吧，"我承认道，"我猜你确实认识卢克·雷纳德。介意告诉我，你是怎么知道这些的吗？"

"是的。"

"是的？"

"是的，我介意。我想，我恐怕得按你的玩法来，跟你交换信息，一次一条。既然我想到了这事，兴许也只有这种方式，才能让我觉得更舒服一点儿。你觉得怎么样？"

"咱们两人都可以随时叫停吗？"

"除非重新谈判，否则那就意味着交易终止。"

"好吧。"

"这么说你已经欠了我一个。你昨天刚刚回到安珀，都去哪儿了？"

我叹了一口气，又啃了一口苹果。"你这是在给我下套啊，"我随后说道，"这可是一个很宽泛的问题。我去了很多地方，这得看你想知道多久之前的事情。"

　　"咱们从梅格·德芙琳的公寓开始，到昨天为止吧。"她说。

　　一块苹果将我噎了一下。"好吧，说得很清楚。你的消息来源可真是不得了，"我赞叹道，"不过指定是菲奥娜。你已经和她结成了某种联盟，不是吗？"

　　"还没轮到你问呢，"她说，"你还没回答我的问题。"

　　"好吧，在我离开梅格家之后，菲奥娜和我回到了安珀。第二天，兰登便派我出去执行一项任务，去关闭一台我自己建造的叫作鬼轮的机器。我搞砸了，然后在路上碰到了卢克。实际上，他将我从一个相当危险的境地当中救了出来。然后，因为跟我的发明产生了一点儿误会，我用一张陌生的主牌，将卢克和我一起传送到了一个安全的地方。卢克后来将我囚禁在了一个水晶洞中……"

　　"啊！"她说。

　　"我应该就此打住吗？"

　　"不，继续。"

　　"我被关了大约一个月左右。虽然按安珀时间只有几天的时间。然后，两个替一个名叫贾丝拉的女人卖命的家伙，将我放了出来。我同他们还有那个女人发生了一点儿小冲突，于是用主牌穿越进了弗萝拉在旧金山的家中。在那儿，我前去看了一套刚刚发生过一起谋杀案的公寓……"

"茱莉亚的家？"

"对。在里边，我发现了一道魔法门，并强行打开了它。我穿过那门，来到了一个叫作四界锁钥的地方。那儿，一场大战正在进行，进攻队伍是由一个名叫德尔塔的家伙率领的，这家伙原先在这一带可算是臭名昭著。后来，我被一阵魔法旋风追得到处乱窜，还被一名戴面具的男巫给骂了一顿。我用主牌传出，回了家，就在昨天。"

"就这些？"

"浓缩版。"

"有没有漏掉什么？"

"当然，比如，在那道门的门口，有一个叫作门神的东西，但我还是过去了。"

"不，这已经包含在里边了。还有吗？"

"嗯……有，还有两次奇怪的交流，都终结于鲜花。"

"跟我说说。"

于是我说了。

听我说完，她摇了摇头。"这事我还真不明白。"她说。

我喝完了咖啡，吃完了苹果。她又为我添满。

"现在该我了，"我说，"我刚刚提到水晶洞的时候，你那个'啊'是什么意思？"

"蓝色的水晶，对不对？而且还能隔绝你的法力。"

"你怎么知道？"

"你从昨晚那人手上摘下来的戒指就是那个颜色。"

"对。"

她站起身来，绕着桌子走了一圈，站了一会儿，随即指了指我左侧臀部。

"可不可以麻烦你把那兜里的东西都掏到桌子上面？"

我笑了笑："当然可以。你怎么知道的？"

她没有回答这个问题，不过话又说回来了，这属于另外一个问题了。我将兜内各式各样的蓝色石头都掏了出来——几块从山洞中得来的碎屑、被我扯下来的那枚雕刻有图案的纽扣，还有那枚戒指——将它们全都放在桌子上。

她拿起那枚纽扣，细细看了看，随即点了点头。

"没错，这个也是其中之一。"她说道。

"什么其中之一？"

她没理会我，而是将右手食指在自己茶托旁边溅出来的咖啡当中蘸了蘸，绕着那几块石头，按逆时针方向画了三个圈。随即，她再次点了点头，回到自己的座位上。我已经召唤出了视角，刚好看到她在它们周围建了一圈魔法屏障。而现在，正当我继续观察之时，它们似乎散发出了一阵淡蓝色的青烟，但都被圈在了那个圈内。

"我记得你说过你并不是魔法师。"

"我不是。"她答道。

"这个问题我先不问了。不过你得接着回答我上一个问题。这些蓝色石头有什么要紧之处？"

"它们同那洞穴，还有彼此之间，都有着一种密切的联系，"她告诉我，"一个人只消简单训练一下，便能拿着这种石头，轻而易举地循着自己心里的微弱感应，追踪到那个洞穴。"

"你的意思是，穿越影子？"

"是的。"

"有意思，但我还是看不出来这有什么价值。"

"还不止这些。如果不去理会那洞穴的感应的话，你便会有另外一种稍微微弱一些的感应。只要学会区分每块石头所发出来的不同感应，那你便可以追踪它的拥有者，直到天涯海角。"

"这个听起来确实有用多了。你觉得昨晚那些家伙之所以能够找到我，就是因为我兜里装满了这些东西？"

"很有可能。从实用的角度来看，它们确实能帮上忙。不过实际上，就你的例子来说，他们甚至都不需要这些东西。"

"为什么？"

"它们还有另外一种妙用。不管是谁，只要把这东西在身上带上一段时间，便会染上它的某些特征，有了它的信号。即便是把它扔了，这种特征也还在。这样一来，你依然能被追踪到，跟那块石头在你身上时没什么区别。你身上已经有了自己的信号。"

"你的意思是，即便现在，没有了它们，我也一样被标记了？"

"对。"

"需要多久才会消失？"

"我不知道有没有过这样的先例。"

"肯定有消除的法子。"

"我真的拿不准，但有一两样东西，我想兴许管用。"

"说出来。"

"安珀的试炼阵或是混沌的洛格鲁斯。它们似乎能将一个人几乎打散，再聚合成一种更为纯洁的状态，曾有过清除古怪印记的先例。就我所知，正是试炼阵，重建了你父亲的记忆。"

"对，虽然我不知道你是怎么知道的洛格鲁斯，但我想，你说的是对的。真是雪上加霜，我原本已经够倒霉的了。这么说，你觉得现在他们就能锁定位置，不管有没有这些石头？"

"对。"

"你怎么知道的这么多？"我问。

"我能感觉得到，这可是另外一个问题了。不过本着深度合作的原则，这个就当我免费送给你的好了。"

"谢谢，现在该你了。"

"茱莉亚在遇害之前，正在同一个名叫维克多·梅尔曼的神秘主义者打交道。你知道这是为什么吗？"

"她在跟着他学，想要寻求一种提升。至少，一个那时同她相熟的哥们儿是这么跟我说的。不过当时，我们已经分手了。"

"我说的不是这个，"她说，"你知道她为什么想要这样的提升吗？"

"听起来像是另外一个问题了，不过兴许我还欠你一个。我去问的那人告诉我说我把她吓着了，让她坚信我拥有一种超能力，于是她想要寻求一种能够自卫的东西。"

"打住。"她说。

"你什么意思？"

"这并不是一个完整的回答。你真的给了她害怕你的理由吗？"

"哦，我想我确实有。现在该我问了：你怎么知道那么多关于茱莉亚的事情？"

"我当时就在那儿，"她答道，"我认识她。"

"接着说。"

"就这些。现在该我了。"

"这等于没说。"

"可我能说的也就这些了。要么接受，要么放弃。"

"根据我们的协议，我可以因为这个叫停。"

"没错。你要叫停吗？"

"接下来你想问什么？"

"茱莉亚练成了她自己想要的技能了吗？"

"我告诉过你了，在她同这些事情搅和到一起之前，我们便没再见面了。所以我怎么可能知道？"

"你在她的公寓中找出了那扇门，而据你推测，残害她的那头怪兽，便是从那儿出来的。现在有两个问题，并不需要你回答，而是想让你好好想想：为什么会有人那么迫不及待地想要置她于死地？而且所用的办法未免也太奇怪了吧？若想处置一个人，我能想出一百种更为简单的法子来。"

"没错，"我赞同道，"一件武器不管什么时候都远比布置魔法要容易得多。说到为什么，我也只能是推测。据我推断，那是针对我的一个陷阱，而她，只是这个大礼包——我的4月30日周年大礼——当中的牺牲品。这些事你知道吗？"

"这件事咱们晚点儿再说。你显然也注意到了，每一个魔法师都有自己的风格，和画家、作家以及音乐家一样。当你锁定茱莉亚公寓当中的那扇门时，有没有看出是出自何人之手？”

“现在想想，其实没有什么特别之处。当然，也有可能是我当时太急于打开它了。我毕竟不是去那儿欣赏艺术的。不过，没有，同任何我所认识的人，都不匹配。你想到什么了？”

“我只是在想，有没有这种可能性，那就是她得到了自己想要的一些能力，然后自己去开了那道门，这才会遇害。”

“荒谬！”

“好吧，我只是想把一些原因摆出来而已。这么说，你从来没看到过任何她可能拥有法力的线索？”

“对，反正现在想不起来。”

我喝完咖啡，又倒上一杯。

“如果你觉得现在想要害我的并不是卢克的话，那，为什么？”我问她。

“多年前，他曾一手策划许多针对你的所谓事故。”

“对，这一点他最近也承认了。他还告诉我说在经历了最初的几次刺杀之后，他已经放弃了。”

“这话是对的。”

“你知道的，这都快把我给逼疯了，既不知道自己知道些什么，也不知道不知道些什么。”

“这正是咱们谈话的目的，不是吗？这样做也是你的点子。”

"才不是！是你提出来的！"

"今天早上，是的。但这个点子原本就是从你那儿得来的，一段时间之前。我想起了某段电话对话，在罗斯先生的家——"

"是你？电话中那个雌雄莫辨的声音？怎么可能？"

"你究竟是想听那件事呢，还是卢克的事？"

"那件！不，卢克！两个都要，该死！"

"这么说，咱们先前所制定的规则还是有一定先见之明的。若想进行得有条不紊，确实有许多规则。"

"好吧，算你说的有理。继续说卢克的事吧。"

"对我，作为一个旁观者来说，在他了解了你之后，便放弃那种事情了。"

"你的意思是在我们成为朋友的时候……那并不是装出来的？"

"不过我也说不准……早些年针对你所发动的那些攻击，自然要算到他头上……但我相信，其中几起，实际上是他破坏掉的。"

"那他放弃了之后，幕后又变成了谁？"

"一个似乎经常同他混在一起的红头发女人。"

"贾丝拉？"

"对，这就是她的名字……但我对她的了解，还不大尽如人意。这方面你有什么可补充的吗？"

"我想我得把它留下来，换一个大的。"我说。

听到这话，我第一次看到她朝着我做了一个皱眉、咬牙的动作。

"你难道看不出来我正在帮你吗，梅林？"

"说实话，我看到的只是你想要我手中的信息，"我说，"不过那些没关系。我愿意做这样的交易，因为你手里似乎也有我想要的东西。不过我还是不得不承认，你的解释对我来说有些阴暗。你到底是怎么去的伯克利？我在比尔那儿的时候，你给我打电话又想干什么？你所拥有的那种你说的不是魔法的法力又他娘的是什么？又是怎么……"

"那是三个问题，"她说，"刚刚开始的是第四个。你要不要把它们都写下来？要不我也照做？然后我们便可以分头回自己的房间，决定我们到底愿意回答哪些问题？"

"不想，"我答道，"我乐意玩这游戏。但你清楚自己为什么想要知道这些东西。对我来说，它们意味着一种自我保护。我原本以为你之所以想获得这些信息，是因为它们可以帮你抓到杀死凯恩的凶手。可你又说不是，而你又没有给我一个合理的解释。"

"我也一样！我想要保护你！"

"我很欣赏这份情感。可是为什么？你几乎不认识我。"

"虽然是这样，那也是我自己的原因，而且我不想多说。接受或是放弃。"

我起身在露台上踱起了步。我不喜欢这种泄露关乎自己的生命安全，甚至是关乎安珀存亡的信息的感觉。尽管，我得承认自己所得到的回报也还算丰厚。她所说的那些事情，似乎并没有什么不对劲。还有就是，不管怎样，巴利家族都有着悠久的忠于皇室的传统。我觉得，最令我难以释怀的，便是她坚决否认自己想要复仇这事。这原本就不是安珀人应有的态度，如果她真想从我的遭遇当中判断出点儿什么，那她唯一需要的，便是承认自己的复仇目的，这样反倒会让她的动机更为合理。若是那样，我也不会深究，欣然接受。可她现在是怎么说的？漫不经心的套话、模棱两可的动机……

不过，这兴许也能证明她说的是实话。不屑于去精心编制一套谎言，说出一套长篇大论来让自己看起来更加真诚。就她目前的表现来看，她知道的东西远比我预料的要多……

桌子那边传来了一阵轻微的咯咯声响。开始时，我以为她恼了，在用指尖敲击桌面。不过，当我回过头去时，却看到她正一动不动地坐在那儿，连看都没看我一眼。

我走近了一些，寻找声音的源头。那枚戒指、那几片蓝色石头，甚至那枚纽扣，都正在桌面上晃动着，看起来并无外力作用。

"你做了什么吗？"

"没有。"她答道。

只听得啪的一声，戒指上的那块石头，从托上掉了下来。

"那是怎么回事？"

"我切断了某个人的连接，"她说，"好像某种东西正在试图重建，但失败了。"

"即便如此，我身上依然有他们所需的记号，一样能将我定位，对不对？"

"这里边牵扯到兴许不止一股势力，"她评价道，"我想我应该派一名侍卫，骑马回到镇上，把这些东西扔进大海，如果有人追到那儿，那就让他去追好了。"

"那些碎屑应该是指向那个洞穴的，而那枚戒指指向的应该是一个死人，"我说，"但我还不打算把那枚纽扣给扔了。"

"为什么？它可能会引来未知的大麻烦。"

"很对，但这些东西也有可能是双向的，对不对？这也就是说，如果我学会如何使用这枚纽扣，那我就有可能找到那个散花的人。"

"那可能会很危险。"

"要是不这样做，以后的危险可能会更多。不，你可以把剩下的都扔到海里，但那枚纽扣不行。"

"好吧，我先帮你把它给禁锢住。"

"多谢。贾丝拉是卢克的母亲。"

"你开玩笑！"

"没有。"

"这就解释得通最后几次4月30日事件当中，他为何不再依靠她了。太神奇了！这打开了一片全新的思路。"

"愿意分享一下吗？"

"晚点儿，晚点儿吧。现在，我得立刻把这些石头处理掉。"

她一把将它们从那个圈里全都捞了出来。有那么一会儿工夫，它们似乎依然在她的手心里跳动着。她站起身来。

"唔……纽扣？"我说。

"对。"

她将那枚纽扣放进了自己的衣兜，其他的则依然握在手心。

"如果你那样把纽扣装在身上，你自己也会留下记号的，不是吗？"

"不是，"她说，"我不会。"

"为什么不会？"

"其中自然有原因。抱歉，我得先离开一下，给其他的找一个容器，然后再找个人把它们送出去。"

"那个人不会被标记吗？"

"会有一小段时间。"

"哦。"

"再来点儿咖啡……或是别的。"

她转身离开了。我吃了几片奶酪，思考了一下这次谈话过程中，我到底是得到了更多的答案，还是更多的新问题，并试着把新得到的一些信息，同过去的谜团相互印证了一下。

　　"老爸？"

　　我转向声音传来的方向，但却不见一个人影。

　　"这下面。"

　　一块硬币大小的光斑，正印在附近的花圃之中，其他地方都是空空荡荡一片，唯有干枯的枝叶。那片光斑轻轻动了动，立刻吸引了我的注意力。

　　"阿鬼？"我问。

　　"嗯哼。"枝叶间传来了回应，"我一直在等你一个人的时候，我不大确定能不能相信那个女人。"

　　"为什么不能？"我问。

　　"我扫描了一下，她的样子有些不对，像是另外一个人，我也不知道是谁。不过我想跟你说的不是这事。"

　　"那是什么？"

　　"唔……这个，你所说的并没想真的把我关了那话，是真的吗？"

　　"上帝！我为你做了那么多牺牲！还要教你学东西什么的……还得把你那些该死的零件，给拖到一个安全的地方！你怎么还能问出这种话来？"

"哦，我明明听到兰登让你……"

"你不也一样不听我的话吗，对不对？特别是当我过去，不过是想给几个程序做一下检修的时候，你竟然来刺杀我？我他娘的可不该是这种待遇！"

"唔……是。你看，对不起。"

"你是应该道歉。就因为你，我摊上了多少麻烦！"

"我找了你几天，但找不到你。"

"水晶洞可一点儿都不好玩。"

"我现在没多少时间了……"那光斑一闪，几乎消失不见，随即又恢复了先前的光明，"你能不能告诉我一些东西？要快。"

"快说。"

"你出来时，还有就是你离开的时候，跟你在一起的那个伙计，那个红头发的男子？"

"卢克。怎么了？"

那片光斑再次昏暗了下来。

"能相信他吗？"阿鬼的声音已变得隐约可闻，虚弱不堪。

"不能！"我叫道，"那绝对是一件蠢事。"

阿鬼不见了，我不知道他是否听到了我的回答。

"怎么了？"薇塔的声音，从上面传了下来。

"和假想的玩伴拌嘴。"我叫道。

即便隔着那么远的距离，我也能够看出她脸上的迷惑。她巡视了露台一圈，这才相信我确实是一个人，随即点了点头。

"哦。"她说道，"我一会儿就来。"

"不急。"我回答道。

有没有这样一个智慧和理解并存的地方？若是有，我会径直走过去，站在那儿。而此刻，我觉得自己正站在一片巨大的迷雾当中，四下里一片影影绰绰，正禁锢着一张张令人生厌而又变幻莫测的面孔。若真要说，倒还真是一个自言自语的绝佳地方。

我进里边撒了一泡尿，都是那些咖啡给闹的。

第六章

哦，兴许吧。

我说的是和茱莉亚的事。

我独自坐在房间里，秉烛而思。

那是后来的事，那时，我们已不再见面……

同茱莉亚初相识，是在我所上的一门计算机科学课上。从那以后，我们偶尔见上一面，开始时，都是在课后喝杯咖啡什么的。随后，越发频繁了起来。很快，便变成认真的了。

而现在，情形似乎正朝着相遇时发展，越来越像……

当我提着一大包东西离开超市时，感觉到她的一只手搭上了我的肩。我知道是她，但转过头去时，却又不见她的影子。几秒钟过后，她在停车场对面招呼了我一声。我走过去同她打了一个招呼，问她是不是还在之前的软件园上班。她说已经不在那儿了。我记得她当时脖子上面挂着一条链子，下面坠着一颗银色的五角星，应该可以轻易地——想必有很大的可能性——垂进她的罩衫之中。不过当然了，我也看不见，但她的肢体语言，似乎暗示很想让我看上一看。于是，我只好视而不见地同她寒暄了几句。不过随后，我一连几天晚上约她出来吃饭和看电影，都被她拒绝了。

"你在干什么？"我问。

"忙着学习呢。"

"学什么？"

"哦，只是一些不一样的东西啦。等时机到了，我会让你大吃一惊的。"

再一次，我没有上钩……虽然那时，已经有一条过于热情的爱尔兰猎犬，来到了我俩之间。她将一只手放到它的头上，说："坐！"它果然坐下了，在她身旁变成了一尊雕塑，等到我们离开之后，也还是那副样子。现在想来，就在那片停车场的出口处，想必还有一条狗的骨架，依然蹲在那儿，犹如一尊现代雕塑。

那时，这一切看起来似乎都没那么重要。但此刻追忆起来，我在想……

那天，我们出去骑了马，薇塔和我。当天早上，我越来越恼火，她想必是觉得有必要放松一下。她的想法是对的。在草草吃了一些午餐之后，她建议骑马去庄园逛逛，我欣然接受了。在双方继续交锋和试探之前，我也想要一点儿时间，好好想想。而且天气不错，乡村的风景也颇值得留恋。

我们沿着一条蜿蜒的小路穿过阿伯庄园，进入了北部的山区，远眺着下面纵横交错的崎岖大地直通阳光明媚的大海。清风徐来，纤云弄巧，飞鸟成群……薇塔的心中似乎别有用意，但对我来说无所谓。一路骑行，我想起了自己曾去纳帕峡谷酒庄参观过一次，于是停马休息时，我问她："你们是在庄园中灌装的酒吗，还是在镇上完成，要不就是在安珀？"

"我不知道。"她说。

"我还以为你是在这儿长大的呢。"

"一直没留意。"

我生生咽下了一句"四体不勤，五谷不分"，除非她在开玩笑，否则我搞不懂她为何竟连这种事情都不知道。

不过，她倒是留意到了我的表情，于是赶忙补充道："不同的时节，操作的地点也不相同。我有好几年时间都住在镇上，不大肯定最近的初装到底是在哪儿。"

不错的补救，因为对此我也说不出个所以然来。我问这事，原本没打算套出点儿什么，但却有一种感觉。我似乎触碰到了什么东西。从她的不能释怀来看，这是极有可能的。她接着说他们通常都是将成桶的酒，运往各地，就那样出手。另外一方面，想要那种瓶装酒的客户，也不多……我没再继续往下听。一方面，我知道一名酒商的女儿会说些什么；另外一方面，这些东西就算是换成我自己，也能临时编一套说辞出来。况且，对于她所说的，我也无法查证。我有一种感觉，那就是她此时这套天花乱坠的说辞，为的不过是掩盖什么东西，只是我一时拿不准究竟是什么。

"多谢。"趁着她歇口气的工夫，我赶忙说道。她投给我一个奇怪的眼神，但明白了我这话背后的意思，没再说下去。

"如果你先前跟我说的是实情的话，"我用英语说道，"那你就得跟我说英语。"

"我跟你说的都是真的。"她用地道的英语回答道。

"你在哪儿学的？"

"在你上学的那个地球影子上。"

"介意跟我说说你在那儿干什么吗？"

"执行特殊任务。"

"替你父亲？还是皇室？"

"与其向你撒谎，我宁愿不告诉你。"

"我很欣赏这一点。当然了，我得自己判断。"

她耸了耸肩。

"你说你去过伯克利？"我问。

她先是犹豫了一会儿，随即："对。"

"可我记得从没在那附近见过你啊。"

她又耸了耸肩。我很想抓住她，摇她几下。不过，我说出来的却是："你认识梅格·德芙琳，你说你去过纽约——"

"我相信你已经透支了不少问题。"

"我不知道咱们又继续玩那个游戏了。我还以为咱们是在聊天。"

"好吧，那，是的。"

"再告诉我一件事，兴许我可以帮你。"

她笑了："我不需要任何帮助。有麻烦的是你。"

"那，我可以吗？"

"接着问吧。每次你问我问题的时候，也能告诉我一些我想知道的东西。"

"你知道卢克的雇佣军。你也去过新墨西哥州吗？"

"对，我去过那儿。"

"谢谢。"我说。

"这就完了？"

"完了。"

"有得出结论吗？"

"兴许。"

"介意告诉我吗？"

我微笑着摇了摇头。继续骑行时，她又含沙射影地问了几个问题，让我愈发相信自己成功激起了她的好奇心，让她觉得我指定猜出些什么了。好，我决定任其发展。她在我最为感兴趣的那些问题上屡屡三缄其口，我刚好需要一些东西，来找回点儿心理平衡。此外，对于她，我还得出了一个非同小可的猜想。虽然并不完整，但若真是那样，那我迟早得弄个一清二楚才行。所以，我这也不完全是在故弄玄虚。

午后的景色是一片金色、橙色以及红黄二色。清风过处，暗藏着秋季所特有的湿润气息。天空蓝得醉人，犹如某些石头……

约莫十分钟过后，我问了她一个无关痛痒的问题："你能把去安珀的路指给我看看吗？"

"你不认识路？"

我摇了摇头："我之前从没来过这边，唯一知道的，便是由陆路打这儿经过，可以前往东大门。"

"对，"她说，"我相信在略微偏北的地方。咱们去找找看。"

她领头折回了先前我们所走过的一条路，然后右转，似乎很符合逻辑。对她的茫然无措，我未置一词。虽然，我觉得她很希望我能说点儿什么，而且没过多大一会儿，我便希望她能评述上两句，好印证我的猜想。

大约四分之三英里过后，我们来到了一个十字路口。对面，竖着一个低矮的石桩，标注着前往安珀、巴利庄园、东边的巴利山巅以及一个叫作沐恩的地方的距离。

　　"沐恩是什么地方？"我问。

　　"一个小奶业村。"

　　此事我无法验证，除非走上六里格的路程。

　　"你打算骑马回安珀吗？"她问。

　　"对。"

　　"为什么不用主牌？"

　　"我想熟悉一下这片区域，毕竟是家乡，我喜欢这儿。"

　　"可我跟你解释过了。有危险。那些石头已经在你身上留下了记号，你能被追踪到。"

　　"那不一定就意味着会有人追踪我。我怀疑昨晚那伙人也想不到能这么快撞见我，而且已全军覆没。要不是我临时想出来吃饭，他们肯定还在那附近潜伏呢。我敢肯定我还有几天的空闲，把你所说的记号给抹掉。"

　　她翻身下马，任由马儿啃了几口草。我也一样，下了马。

　　"你兴许是对的，我只是不想看到你出任何意外。"她说，"那你打算什么时候回去？"

　　"我也不知道。我觉得耽延越久，昨晚那伙人背后的主谋肯定会越坐卧不安，说不定还会派更多的爪牙出来。"

她抓住我的胳膊，侧过身，突然间向我靠了过来。我有些吃惊，但空着的那条胳膊，却早已驾轻就熟地揽住了她的身体。

"你不会现在就走吧，对不对？因为若是那样的话，我也得跟你一起走。"

"不会。"我实话实说。实际上，我计划明天清晨离开，先好好睡上一晚再说。

"那什么时候？我们还有好多话没说。"

"我觉得咱们的问答游戏已经按你的意愿，够深入的了。"

"还有一些事情……"

"我知道。"

这事有点儿尴尬。对，她确实很有魅力。不过不行，我无意同她发生那样的关系。其中一部分原因，是我觉得她还另有所图。至于是什么，我不大肯定。还有就是，我敢肯定她身上还带着一种神秘的力量，让我不想跟她处于过于亲密的关系中。正如我叔叔宿慧过去经常说的魔法师准则："不了解者，勿近。"而且我有一种感觉，就是同薇塔之间任何超越友谊的亲近，都会变成为能量间的对决。

于是，我蜻蜓点水般地吻了她一下，以示友好。

"兴许，我明天回去。"我告诉她。

"好，我也希望你能留下来过夜。最好是多住上几晚，我会保护你的。"

"对，我还很累。"我说。

"我们得好好喂你一顿，好让你恢复体力。"

随即，她抬起指尖，拂了拂我的脸。我突然有一种似曾相识的感觉。在哪儿？我说不出来。而这着实吓了我一跳，远不止吃惊那么简单。等我们再次上马，朝着阿伯庄园而去时，我开始暗暗谋划连夜离开的事了。

于是，我坐在自己的房间当中，一边独酌（红酒），一边看着烛光在微风中摇曳，一边等着。先得等整个庄园寂静下来（此时已是），再等一个夜奔的好时机。门闩早已落下。吃晚饭时，我有意无意地提了几次我很累，然后早早就退了。我相信自己并不是风流倜傥的人，但席间，薇塔曾暗示说会过来拜访，而我所需要的，便是一个睡死过去的借口。不管怎样，我都不想得罪她。我的麻烦已经够多了，不能再将一名盟友变成敌人。

我希望手边能有一本好书，但最后一本已被留在了比尔那儿，若是现在把它召唤过来，恐怕会惊动薇塔，就像菲奥娜当初感应到我正在制作主牌一样，跑过来擂我的门，查看究竟发生了什么事情。

不过，没人过来敲门。一片寂静。宅邸里的响动，声声入耳。蜡烛渐渐缩短，床后墙壁上的影子，犹如一片黑色的潮汐一般，伴随着摇曳的烛火，如水般来回流淌。我想着心事，呷着手中的红酒。很快……

幻觉？还是有人在一个看不穿的地方，轻呼我的名字？

"默尔……"

又是一声。

那么真实，可……

视线似乎摇曳了起来，随即我意识到了这是怎么回事，一次微弱的主牌连接。

"是我，"我说着，展开意识，延伸了出去，"你是谁？"

"默尔，宝贝……拉我一把，否则我就……"

卢克！

"这儿。"我说着，不断往前探，眼前的画面越发清晰，最后固定了下来。

他正靠在一面墙上，双肩低垂，耷拉着脑袋。

"如果这是什么花招的话，卢克，那我已经准备好了。"我说完，飞快地站起身来，走到放置武器的桌子旁边，一把拿起剑，拔了出来。

"不骗你。快！把我从这儿弄出去！"

他抬起了左手。我也将左手伸出去，抓住了他。顷刻间，他已经朝我扑了过来，将我撞了一个趔趄。有那么几秒钟的时间，我还以为他是朝着我攻了过来，但他的身子死沉，而且浑身上下都是血，右手依然紧握着一把血迹斑斑的长剑。

"那边，快。"

我扶着他往前走了几步，随即将他放在床上，掰开他的手指，将他的剑取下来，连同我的，一起放在旁边的一把椅子上。

"你他娘的这到底是怎么回事？"

他咳了一声，虚弱地摇了摇头，随即又沉重地喘息了几次。

"刚刚路过一张桌子时，"他问，"是不是看到上面有一杯酒？"

"对。坚持住。"

我将那杯酒取了过来，举到他嘴边。还有大半杯。他慢慢地啜着，中途停下来喘了好几次气。

"谢谢。"喝完，他刚说出这两个字，头便立刻歪向了一边。

他晕过去了。我试了试他的脉搏，很快，但有点儿微弱。

"去你妈的，卢克！"我说，"你来的真不是时候……"

不过他已经听不到我的话了，只是躺在那儿，到处都在流血。

又咒骂了几句之后，我替他脱了衣服，找来一条湿毛巾，开始在血污当中寻找起伤口。右胸处有一处触目惊心的伤口，兴许伤到了肺。他的呼吸非常浅，不过我也说不准。若真是如此，我希望他最好完全继承了安珀人的肌肤再生能力。我在上面放了一块敷布，将他双手拉过来，按在上面，接着检查别的地方。我怀疑他的肋骨断了两根。除此之外，左臂齐肘折断。先前我曾在衣橱后面的一张椅子上，留意到了几条松动的横木，于是拆下来，把胳膊接好后，做了一个夹板夹上。从大腿、右臀、右臂到肩膀，再到后背，大大小小的撕裂伤和刀伤，不下十几处。幸运的是，没一处伤及动脉。我将它们一一清理干净，包扎起来，这使得他看起来活脱脱就像是急救手册上的插图一般。随即，我再次检查了他胸口的伤，将他盖了起来。

我想到了洛格鲁斯的一些疗伤技巧，不过我只知道理论，从未实践过。他的脸色看起来苍白得吓人，我决定最好试试。过了一会儿，等到我完成后，他的脸上似乎恢复了一些血色。我将我的斗篷压到了他身上的毯子上，试了试他的脉搏，已强劲了一些。我再次咒骂了几句，将我俩的长剑移开，在那把椅子上坐了下来。

片刻过后，同鬼轮的对话再次困扰起我。难道卢克正试着同我的发明做交易？他曾告诉过我，他想得到阿鬼的力量，来完成他颠覆安珀的大业。然后，今天早些时候，阿鬼又来问我卢克是否可信，而当时我的答案是否定的，而且还说得斩钉截铁。

难不成，阿鬼用我眼前所见的这种方式，终结了他同卢克的讨价还价？

我找出我的主牌，翻到画着鬼轮那亮晶晶的圆圈的那一张，凝神静虑，延展了出去，开始呼唤，召唤。

在数分钟的努力期间，我觉得有两次接近了什么焦躁不安的东西，但似乎有一块玻璃，隔在了我们之间。阿鬼被控制了，还是只是不想和我说话？

我将纸牌放到一边，不过它们却让我灵机一动。

我将卢克的血衣收集在一起，快速搜索了一遍，在侧兜中找到了一沓主牌以及几张空白卡片和一支铅笔。对了，它们的风格同被我称作"厄运主牌"的那些，如出一辙。我将它们同卢克穿越进来时，手中紧握着的那张，也就是画着我的那张，放到了一起。

他这些东西倒是不错。其中一张是贾丝拉的，还有一张维克多·梅尔曼的。除此之外，还有茱莉亚的，以及一张尚未完成的布雷斯的。水晶洞、卢克的旧公寓自然也在其中，还有几张是直接从"厄运主牌"复制过来的。其中还有一座我并不认识的宫殿和一个老朋友。一个结实的金发小伙，身着黑绿二色；一个瘦削的赤褐色头发男子，穿的是棕黑二色，还有一个同这名男子很有几分相似的女子，想必同他有着某些关系。不过奇怪的是，这最后两张，风格迥然不同，可以说完全出自另外一人之手。不认识的人当中，我唯一有几分把握的，便是那个金发伙计，此人从头发颜色上推断，应该就是卢克的老朋友——德尔塔，那个亡命之徒。此外，还有三张不同的尝试，有些像是鬼轮。但我觉得，都不太成功。

突然，听到卢克似乎说了些什么，等我看过去时，只见他已睁开了双眼，正在四处扫视着。

"别紧张，"我说，"你很安全。"

他点了点头，闭上了眼睛。片刻过后，他再次睁了开来。

"嘿！我的牌。"他气息奄奄地说道。

我笑了。"画得不错，"我赞叹道，"谁画的？"

"我，"他回答，"还能有谁？"

"你从哪儿学来的？"

"家父。他是这方面的圣手。"

"如果真是你画的，那想必你也走过试炼阵。"

他点了点头。

"在哪儿？"

他打量了我一会儿，随即虚弱地耸了耸肩，皱起了眉头："提亚那诺格斯。"

"你父亲带你去的？还看着你安全通过？"

再次点了点头。

既然已经到了这个份上了，干吗不逼他一下？我挑出其中一张纸牌。

"这人是德尔塔，"我说，"你们过去可是死党，不是吗？"

他没回答。我抬起眼来，看到了一双眯着的眼睛和深锁的眉头。

"我从没见过他，"我补充道，"但我认得这上面的颜色，而且我知道他的老家跟你不一样。在卡什法附近。"

卢克笑了笑。"你在学校时就经常做功课。"他说。

"而且通常都会按时交作业，"我赞同道，"不过对于你，我有点儿迟了。卢克，我并没有发现四界锁钥的主牌。而且这里边也有几个我不认识的人。"

我挑出了画着那名苗条女子的那张，朝着他挥了挥。

他笑了。"有点儿虚弱，又喘不上气来了，"他说，"你去过锁钥？"

"对。"

"最近？"

我点了点头。

最后，他说道："告诉我你在锁钥都看到了什么以及怎么知道的那个地方，我就告诉你她是谁。"

我飞快地想了想。我可以说一些云山雾罩的事情，这样，他不知道还是不知道。

"另外一条道绕过去的。"我说。

"好吧，那个女人，"他说道，"是桑。"

我紧盯着那纸牌，觉得隐隐有开始连接的感觉，于是停了下来。

"久违的朋友。"他补充道。

我举起那个同她很是相似的男子。"那这个肯定是德尔文了？"

"对。"

"这两张牌并不是你画的，它们也不是你的风格，而且你开始时想必也不知道他们长什么样。"

"厉害。是家父画的，在他有难处的时候，为的是以防万一。但他们也没有帮他。"

"也？"

"虽然他们也对这个地方不满，但也没兴趣帮他。已经不指望他们了。"

"这个地方？"我说，"你以为你在哪儿，卢克？"

他睁大眼睛，扫了一圈房间。"敌人营地，"他回答道，"我实在是没办法了。这不就是你在安珀的住所吗？"

"错。"我说。

"你别哄我，默尔。你已经抓到我了，我是你的俘虏。我到底在哪儿？"

"你知道薇塔·巴利是谁吗？"

"不知道。"

"她是凯恩的女人，这是她家，在乡下。她就在走廊上面。兴许还会过来坐坐。在她面前，我已经甘拜下风了。"

"唔……哦。她很棘手吗？"

"相当棘手。"

"葬礼刚过，这么快就跟她搞在一起了？这可不大好。"

"哼！要不是因为你，哪儿来的葬礼！"

"别跟我说那些屁话，默尔。如果是你父亲，科温，被杀的是他，你难道不为他报仇？"

"这根本就是两码事。我父亲又没干布兰德干的那些事。"

"兴许是，也兴许不是。可万一他干了呢？那又如何？你难道不找凯恩报仇？"

我转过了头去。"我不知道，"我最后说道，"这种假设太他妈扯淡了。"

"你肯定会的，我了解你，默尔。我敢肯定你会的。"

我叹了一口气。"也许吧，"我说，"唉，好吧。兴许我会。不过我会就此停手。我不会把其他人也牵扯进来。我并不想再刺激你，但你老爸确实是个神经病，你必须明白这一点。而你并不是，我对你的了解程度，丝毫不亚于你对我的了解。这事我已经想了有段时间了。你也知道，安珀认可个人之间的仇杀。你的事情，在安珀原本就有争论。如果兰登真想把你揪出来，安珀根本就不会发生命案。"

"那他为什么没有？"

"因为在另外几件事情上，我担保了你的清白。"

"拜托，默尔……"

"你有一个现成的辩护理由。一个孩子在报杀父之仇。"

"我不知道……嘿，你不会是不想告诉我你自己承诺过的东西了吧？"

"不是，可……"

"这么说你去了四界锁钥。你在那儿都看到了什么？又是怎么知道那个地方的？"

"好吧，不过你好好想想我说的话。"我回答道。

他脸上的表情依然没有任何变化。

"那儿有一名叫作戴夫的老隐士。"我开始说道。

我还没说完，卢克就已睡着了。我只好停了下来，坐在那儿。过了一会儿，我起身找到红酒瓶，倒了一点儿到杯中。因为大部分都已被卢克喝完了。我拿着酒杯，走到了窗前，俯视着下面的平台，一边听着风吹落叶的沙沙声响，一边想着我跟卢克所说的那些话。我并没有把所有的都告诉他，部分原因是没有时间一一说完，不过最主要的，是因为他似乎并不感兴趣。不过，就凯恩的死，即便兰登赦免了他，朱利安和杰拉德，也会以同样的仇杀方式，将他干掉，这也正是我所说的"认可"。我真的不知道该怎么办。我有义务告诉兰登他就在我这儿，但若真是那样，我会下地狱的。还有太多的事情，需要着落在他身上，如果将他送往安珀囚禁起来，那么想要从他口中掏出东西便会困难许多。唉，他为什么要是布兰德的儿子？

我转到了一旁的座位上，就在放着卢克的长剑和纸牌的那把椅子旁边。我将他的东西悉数挪到了房间另外一侧，在我先前所坐的椅子上，舒舒服服地坐了下来，再次研究起那些纸牌。真是神奇，似乎一整串历史，都已握在了我的手中……

奥伯龙在其妻子丽尔佳飞速老去，拖着残躯在一座圣祠当中过起了隐居生活时，跑出去又娶了一房，让他们的几个孩子——凯恩、朱利安和杰拉德——有些心灰意冷。不过，令宗谱专家和顽固学究们大跌眼镜的是，他选择再娶的那个地方的时间，远比安珀流逝的要快得多。当时，针对他迎娶哈拉，公然重婚这事，赞成和反对皆有，争论必是少不了。我无意评判什么。几年前，我曾听弗萝拉提起过这事，她同德尔文和桑——父亲再婚后所生的两个孩子，一直都不大要好，而且赞成重婚这一说法。直到今天，我才第一次看到德尔文和桑的肖像。他们从未曾在王庭出现过，也很少有人提起他们。不过，哈拉当皇后期间，他们确实在安珀待过一段时间，只是相对较短而已。她去世后，他们对奥伯龙针对母亲家乡的政策，日渐不满起来。那个地方，他们平时没少去。过了一段时间，他们愤然离开，发誓和安珀再无任何瓜葛。至少，我听别人是这么说的。当然，这么些年来，兄弟姐妹间的合纵连横，想必也不少。

我不知道。

不过，皇室毕竟少了两名成员，而且很显然，卢克知道了他们的存在，并开始接近他们，希望激起那些尘封的仇恨，拉拢同盟。他承认这事并没有得逞。两个世纪的时光，着实不短，不管是什么怨恨，都很难再鲜活起来。就我所知，他们离开的时间，差不多已有二百多年。偶尔，会有一个短暂的念头跳出来。我在想，我到底应不应该跟他们联系一下，只是简单地打个招呼。现在，他们已经意识到了有另外一方的存在。不过，如果他们无意帮助卢克，那我猜，他们也不会帮助另外一方。如果我仅仅是以一个素未谋面的家族成员的身份，介绍一下自己，表达一下敬仰之情，想必不会有什么差池。我决定了，虽然眼下不大合适，但等时机成熟了，我一定要试一下。我将他们的主牌放到我自己的那一沓里。纯属好意。

然后便是德尔塔，安珀这位不共戴天的仇人。我再次研究了一下他的那张纸牌，陷入了沉思。他同卢克的关系若真是那么好，兴许我可以告诉他现在的情形。说不定，他还知道一些幕后原因，可以提醒我一些有用的东西。实际上，我越是考虑，加之又想到了他在四界锁钥时的样子，越是觉得有必要和他联系一下。说不定这样一来，还可以顺便了解一下那地方现在到底是怎样一番情形。

我将指关节摁得噼啪作响。到底是应该还是不应该？我看不出能有什么害处。我原本并不打算透露任何东西。不过，还是有一丝疑虑。

去他娘的，我最后决定了。没什么不敢的……

"喂，喂。"从那张冰冷的纸牌上，突然传了出来……

先是一惊，随即是"啊！"的一声，两种感应接踵而至。

犹如一幅肖像活过来一般，我的视线开始扰动了起来。

"你是谁？"那人问道。只见他剑已在手，剑刃已拔出来一半。

"我叫梅林，"我说，"而且我们有一个共同的熟人，叫里纳尔多。我想告诉你，他现在受了重伤。"

此时，我们俩都在彼此面前真实了起来，画面稳定，纤毫毕现。他比画上的要高大得多，正站在一间石屋当中，左侧的窗子当中透出了一片蓝天和一缕白云。他那碧绿的双眼，先是瞪得很大，随即又眯了下来，同时咬紧了牙关，显得有些野蛮。

"他在哪儿？"他问。

"这儿。和我在一起。"我答。

"老天有眼。"他说着，手中的剑早已拔出，径直向前闯来。

我赶忙将那张主牌弹到一边，但并未能切断联系。我不得不招出洛格鲁斯。它立刻犹如断头台上的断头刀一般，从我俩之间切下。我立刻犹如触了电一般，被猛地向后弹了出来。唯一令我感到安慰的是，德尔塔毫无疑问也有同样的感觉。

"默尔，出什么事了？"卢克那嘶哑的嗓音传了过来，"我看到……德尔塔……"

"唔，没错。我刚刚呼叫他了。"

他微微抬起了头："为什么？"

"告诉他你的事啊。他不是你朋友吗？"

"你浑蛋！"他说，"我就是被他伤成这样的！"

随即他又开始咳了起来，我赶忙冲了过去。

"给我点儿水，嗯？"他说。

"马上。"

我跑到卫生间，给他取了一杯水，扶着他，喂他一口口喝。

"兴许我该早点儿告诉你的，"他最后说道，"不知道……你会那样……那样做，不过……你也不知道……是怎么回事……"

他再次咳了起来，又喝了一些水。

"不知道都该跟你说些什么……该怎么做。"过了一会儿，他接着说道。

"那干吗不全都告诉我呢？"我建议道。

他轻轻摇了摇头："不行。很有可能会害你送命。更有可能是我们俩一起完蛋。"

"看眼前的情形，不管你告不告诉我，似乎差别不大。"

他虚弱地笑了笑，又喝了一口。

"有一部分是私事，"他随即说道，"我不想让任何人卷进来。”

“我猜，你每年春天对我的刺杀也是私事，”我评价道，“可我怎么感觉还是被卷进去了呢？”

“好吧，好吧，”他说着，跌回到了床上，抬起右手，“我跟你说过，我已经很长时间没那样干过了。”

“可事情并没有完。”

“那不是我干的。”

好吧，我决定试上一试。

“是贾丝拉，不是吗？”

“你都知道她一些什么？”

“我知道她是你母亲，而且我猜，这也是她的战争。”

他点了点头：“这么说你知道了……好吧。这样事情就简单多了。”他顿了顿，喘了一口气，“开始时，4月30日的那些事情都是她为了锻炼我而让我干的。等到我了解了你一些并放弃之后，她大发雷霆。”

“于是她自己接着干了？”

他点了点头。

“她想让你去杀凯恩。”我说。

“我也杀了。”

“可其他人呢？我敢打赌，她也指使你去对付他们了。而且你不敢肯定他们是不是罪有应得。"

沉默。

"是不是？"我说。

他移开了目光，不再和我对视。我听到了他咬后槽牙的声响。

"我放过了你，"他最后说道，"我不想伤害你。我也不会让她这样做的。"

"那布雷斯、兰登、菲奥娜、弗萝拉、杰拉德还有……"

他哈哈笑了两声，这使得他皱了一下眉头，抚了抚胸口。

"他们没什么好担心的，"他说，"至少现在。"

"你什么意思？"

"想想，"他告诉我，"我原本可以用主牌回我的旧公寓去，将那儿的新租客吓一个魂飞魄散，再打急救电话。我现在应该已经进了急诊室了。"

"那你干吗不那样？"

"我伤得远比这个要严重，不过我活下来了。我来这儿是想让你帮我。"

"哦？帮你什么？"

他看了看我，随即再次移开了目光。"她有大麻烦，我们得去救她。"

"谁？"我明知故问。

"我母亲。"他回答道。

我很想笑出声来，但看他脸上的表情，又有些于心不忍。求我去救一个试图杀我——还不止一次，而是很多次——并且毕生所求便是毁掉我所有亲戚的女人，简直就是在说胡话。要么是胡话，要么是……

"我实在是没人可求了。"他说。

"你要是连这事都能说服我，卢克，那你就该拿年度最佳销售大奖了，"我说，"不过我倒是乐意听听。"

"嗓子又有点干儿了。"他说。

我添满杯子，回来时，走廊里似乎传来了细碎的声响。我一边喂了卢克几口水，一边继续听了听。

喝完，他点了点头，但此时，我已听到了另外一个声响。我将手指举到唇边，朝着门口那边使了一个眼色。随即，我放下杯子，起身穿过房间，拔出剑来。

然而，我还没来到门边，便听到一声轻柔的敲门声。

"谁？"我说着，靠了上去。

"是我，"薇塔的声音传了过来，"我知道卢克在里边，我想见他。"

"好让你结果了他？"我说。

"我之前就告诉你，那并不是我的目的。"

"那你就不是人。"我说。

"我从来没说我是。"

"那你也不是薇塔·巴利。"我说。

先是沉默了一会儿，随即："万一我真不是呢？"

"那告诉我你到底是谁。"

"我不能。"

"那我让一步，"这下牵扯出了我对她的所有猜想，"告诉我你曾经是谁。"

"我不知道你什么意思。"

"不，你知道，挑一个……随便挑一个。我不介意。"

又是一阵沉默，随即："我将你从火海中拖了出来，"她说，"但我没控制住马。我死在了湖中，你用自己的斗篷把我包了起来……"

这并不是我所期待的答案，但已够好。

我抬起剑尖，拨开了门闩。她推开门，瞥了一眼我手中的剑。

"不错啊。"她赞道。

"不错的是你，"我说，"敢陪我去冒那么大的险。"

"好像也没什么进展嘛。"她笑着走了进来。

"你什么意思？"我问。

"我并没有听到你问他那些蓝色石头的事，还有就是利用它们在你身上做了记号之后，到底要对你做什么。"

"你一直在偷听。"

"一辈子的老习惯了。"她坦承。

我转向卢克，介绍了她："卢克，这是薇塔·巴利。算是吧。"

卢克抬起右手，目光一直没离开她那张脸。"我只想知道一件事……"他刚开口，便被她打断了。

"我就知道你会，"她回答道，"我会不会杀你？继续猜，我还没决定呢。还记得你在圣路易斯奥比斯堡先是没了汽油然后又发现钱包丢了那事吗？为了回家，你不得不找自己的约会对象借钱，还是她要了两次，你才把钱还给人家。"

"你怎么知道这个？"他低声说道。

"有一天，你和三名骑车人干了起来，"她接着说道，"其中一人把一条铁链勒到了你头上，差点儿让你瞎了一只眼。似乎恢复得不错，都看不出伤疤了……"

"而且我赢了。"他补充道。

"对，能有本事像你一样举起一辆哈雷，还能扔出去的人可不多。"

"我必须知道，"他说，"你到底是怎么知道这些事情的？"

"或许，改天也不是一定不能告诉你，"她说，"我之所以提这些事情，是想让你老实点儿。现在，我来问你问题，是死是活，就看你老不老实了。明白……"

"薇塔，"我打断她道，"你告诉过我，你对杀卢克这事不感兴趣。"

"我原本是不大想，"她回答道，"可如果他非要寻死，那我也没办法。"

卢克打了一个哈欠。"我告诉你那些蓝色石头的事吧，"他低声说道，"我现在已经没有安排任何人利用它们来针对默尔了。"

"说不定贾丝拉还不死心呢？"

"有可能。不过我真的不知道。"

"那昨晚在安珀袭击他的那些人呢？"

"这还是我第一次听说这事。"他说着，闭上了眼睛。

"你给我看看这个。"她一边说，一边将那枚蓝色纽扣从兜里掏出来。

他睁开眼睛，眯着眼看了看。

"认出来了吗？"

"没。"他说着，再次闭上了眼睛。

"那你现在不打算再伤害默尔了？"

"没错。"他说这话时，声音渐渐低了下去。

她再次张开了嘴，我赶忙说道："让他睡吧。反正他也逃不了。"

她给了我一个近乎生气的表情，随即点了点头。"你说得没错。"她说。

"那你现在怎么办，趁他晕过去结果了他？"

"不，"她回答道，"他说的是实话。"

"这有区别吗？"

"有，"她告诉我，"暂时。"

第七章

一夜忙乱，半夜还远远地传来了野狗打架的吠叫声，但实际上我睡得还算不错。薇塔已无意将回答游戏继续下去，而我也不想她再打扰卢克。我最终说服了她，让她离开，好让我们休息。我躺到一把舒服的椅子上，将脚搭在另外一把上面。我希望私下里能接着和卢克谈谈。就在入睡前，当我试图想明白他们俩谁更可疑一些时，似乎听到了一阵吃吃的笑声。

　　清晨的第一缕曙光以及鸟儿们的数声争吵，将我唤醒。我伸了几个懒腰，随即进了卫生间。澡刚洗到一半，便听到卢克咳了起来，随即轻呼我的名字。

　　"除非你又出血了，否则就等一分钟。"我说完，一边擦起身上，一边问他，"要水吗？"

　　"要，弄一些米。"

我将毛巾扔在肩头，给他送去了一杯水。

"她还在附近吗？"他问我。

"没了。"

"把杯子给我，你再去看一眼好不好？我能行。"

我点点头，将杯子递给他，悄无声息地拉开了房门，来到走廊，走到拐角处。四下里空无一人。

"没人。"我回到屋内，悄声说道。

卢克不见了。片刻过后，我听到了他在洗手间里边的动静。

"该死！该叫我帮你的！"我说。

"我自己撒泡尿还能行。"他说着，用并未受伤的那只手扶着墙，一瘸一拐地走了回来，"总得看看我还有没有讨价还价的资本。"他一边补充，一边在床沿上坐了起来，抬手摸了摸肋骨，喘息道，"他娘的！可真疼！"

"我扶你躺回去吧。"

"好吧。听着，千万别让她知道我能动了。"

"好吧，"我说，"现在放松点儿，休息。"

他摇了摇头。"在她闯进来前，我想尽量多告诉你一些事情，"他说，"而且她肯定会回来的。相信我。"

"你确定？"

"对，她根本就不是人类，而且她在我们两人身上留下的记号，比任何蓝色石头都要厉害百倍。我不知道她用的是什么法术，但我了解自己的魔法，而且清楚它所反馈给我的东西。不过，要不是因为你问她是谁，我还想不到这一层呢。你弄明白她的身份了吗？"

"算不上完全明白，还没。"

"哦，我知道她能随意更换身体，就像换衣服一样，而且她能在影子之间任意往来。"

"那梅格·德芙琳或是乔治·汉森这两个名字有没有让你想起点儿什么？"我问。

"没有。我应该想起点儿什么吗？"

"不。不过，都是她，我敢肯定。"

我并没有提到丹·马丁内茨，并不是因为他向卢克开过枪，提起他会加深卢克对她的不信任，而是因为我不想让他知道我已经知道了新墨西哥游击队那一套。而一旦提及此事，便有可能会引出这一点。

"盖尔·兰普伦也是她。"

"你原来的女朋友，念书时的那个？"我说。

"对。她刚一进来，我便觉得有一种熟悉的感觉。不过我是后来才想到这事的。盖尔所有的小动作她都有，转头时的样子，说话时眉眼间的神态，以及手上的动作。随后，她又提起了两件事，而那两件事，当时都只有一个人在场，盖尔。"

"听起来她似乎在点醒你啊。"

"我相信是这样的。"他赞同道。

"奇怪，那她为什么不直接说出来？"

"我觉得她应该是不得已。她身上似乎被下过某种咒，只是很难看出来。她根本就不是人类。"他说到此处，又偷偷瞥了一眼门口。"再看一眼。"他补充道。

"还是没人，"我说，"那现在……"

"下次再说，"他说，"我得从这儿出去。"

"我知道你很想离她远远的……"我开口道。

他摇了摇头。"不是这样的，"他说，"我必须得赶往四界锁钥。越快越好。"

"可你现在的样子……"

"正是，我说的正是这个。我必须得从这儿出去，一边尽快恢复。我想老沙鲁·加卢尔已经逃出来了。我唯一能想到的意外，便是这个。"

"究竟出了什么事？"

"我曾收到母亲那儿传来的一次遇险呼叫。我将她从你手里抢过来之后，她便去了锁钥。"

"为什么？"

"什么为什么？"

"她为什么要去锁钥？"

"哦，那儿是能量中心。四界在那儿交汇，释放出了一股惊天动地的力量，行家里手都能强势进入……"

"四界真的在那个地方交汇？你的意思是，只要找准了方向，便能前往不同的影子？"

他打量了我一会儿。"对，"他最后说道，"不过具体细节我就不便说了。"

"可如果遗漏的东西太多，我也弄不明白整件事的来龙去脉呀。这么说，她原本是想去锁钥提升能量的，可最后却陷在了那儿，这才叫你去救她。可她到底想要那些能力干吗？"

"唉，我在鬼轮那儿碰到了麻烦。我觉得我就快把他给拉到我们这边来了，不过她可能是觉得我的进度不够快，于是决定用一种强大的法术，将他劫持过来……"

"等等，你说的是阿鬼？你是怎么和他联系上的？你画的那些纸牌可都不好。"

"我知道。我走进去的。"

"怎么做到的？"

"潜水装备。我穿了一套潜水服，还背了氧气瓶。"

"坏家伙。这办法可真够绝的。"

"我这顾伟设计头牌销售员的名头可不是白来的。我差一点儿就把他说动了。不过被她知道我把你藏了起来，于是她决定把你给控制起来，以加快事情的进度，然后再利用你来一锤定音，如果你能站在我们这边的话。总之，这个计划失败了，我也不得不过去把她从你那儿给抢过来。然后我们便分手了。我以为她去卡什法了，但她却去了锁钥。正如我所说的那样，我觉得她是想试着用一种巨大的力量，来对付鬼轮，想必是中途出了意外，无意中把沙鲁放了出来，他再次控制了那个地方，把她抓了起来。总之，我收到了她惊慌失措下发来的信号，于是……"

"唔，那个老巫师，"我说，"被锁在那儿……多久了？"

卢克耸了耸肩，想了想："唉，我也不知道。谁管他呢？我还小的时候，他就一直是一个斗篷架子。"

"斗篷架？"

"对，他在一场巫师决斗中被打败了。我不大清楚打败他的到底是我父亲还是她。不管是谁，反正是抓住了他，施了魔法，让他双手平举什么的。总之就是把他像那样冻了起来，硬得就像一张纸片似的。后来，他被挪到了门口。进出的人们便把斗篷和帽子挂在他身上。仆人们隔三差五会给他擦擦灰。小时候，我甚至还在他的左腿上刻过我的名字，就像刻在树上那样。我一直以为他是一件家具。我后来才知道，他原来也算得上是一号人物。"

"这家伙在施法的时候，是不是会戴一个蓝色的面具？"

"这可把我问住了。对于他的风格，我知道的确实不多。喂，咱们还是别当老学究了，否则还没说完，她便回来了。实际上，兴许咱们现在就应该走，剩下的我可以晚点儿再告诉你。"

"唔……唔，"我说，"别忘了，你昨晚可说过，你是我的俘虏。我要是不把你知道的都挖个够就放了你，那我他妈的就是一个笨蛋。你对安珀可是一个危险。你在葬礼上扔出来的那个炸药包，可他娘的真的不能再真了。你以为我会让你再那样朝着我们来一下？"

他先是笑了笑，随即严肃了起来。"唉，你干吗是科温之子啊？"他说，随即又问："我能向你申请假释吗？"

"我不知道。如果让他们发现我抓到了你，却没有把你送回去，那我就有大麻烦了。你能开什么条件？发誓永不和安珀作对？"

他咬住了自己的下唇："那是不可能的，默尔。"

"你还有些事没告诉我，不是吗？"

他点了点头，随即又突然咧嘴一笑："不过我能给你提供一样你无法拒绝的东西。"

"卢克，别再向我推销那些狗屎了。"

"给我一分钟，好不好？然后你就会明白这个条件你为何无法抗拒了。"

"卢克，我不会上当的。"

"就一分钟，六十秒而已。等我说完，你也可以选择拒绝。"

"那好吧，"我说，"你说。"

"好吧。我得到了一条消息，事关安珀的生死，我敢肯定那儿还没人察觉到。你帮我之后，我便把它献给你。"

"你凭什么要告诉我这种事情？听起来有些自相矛盾。"

"我也不想，真的。可这是我唯一能开出来的条件。帮我从这儿出去，送我去一个地方。那地方我早已想好，时间比这儿要快得多，按锁钥当地时间来算，我大概只需要一天左右就能痊愈。"

"或者就那件事来说，我猜这边的时间也差不多。"

"没错。然后……唔……哎哟！"

他仰躺到了床上，并用未受伤的那只手捂着胸口，开始呻吟起来。

"卢克！"

他抬起头，朝我眨了眨眼，又朝着门口使了个眼色，继续呻吟起来。

很快，便传来了敲门声。

"请进。"我说。

薇塔进来，仔细看了看我俩。有那么一会儿，她对卢克似乎露出真正关切的神色。随即，她走到床边，将双手放在他的肩膀上，在那儿站了约莫半分钟时间，这才说道："看来你死不了。"

"就此刻来看，"卢克回答道，"我还真不知道你这话到底是祝福还是诅咒。"随即，他用尚未受伤的那条胳膊抱着她，突然一把将她给揽了过去，亲了一口。

"嗨，盖尔，"他说，"好久不见。"

她迅速挣脱开去，并没有想象中的丝毫犹豫。"你看起来好多了嘛，"她评价道，"而且看的出来，默尔也在你身上动了手脚，帮了你不少。"她浅浅地笑了笑，随即说道，"对，曾经是，你这个呆子。鸡蛋还是单煮一面？"

"对，"他承认，"但不用半打，今天兴许两个就够了。身体有点儿不舒服。"

"好吧，"她说，"来吧，默尔，我需要你的指导。"

卢克给了我一个古怪的眼神，显然知道她这是想和我单独谈谈他的事情。说到此事，虽然他的主牌全都揣在我的兜里，但我还是有些拿不准，不知道是否该将他一个人扔在这儿。此外，我也不大确定他是否还有别的本事，至于他心底里的打算，则更没有把握了。于是，我有点儿犹豫。

"兴许，得有人陪着这个残废才行。"我告诉她。

"他没事，"她说，"而且，若是找不到凑合的仆人的话，我也需要你搭把手。"

换句话说，她有可能会有一些有趣的事情，要同我说……

我找来衬衫穿上，抬起手捋了捋头发。

"好吧，"我说，"一会儿见，卢克。"

"嘿，"他回答道，"看看能不能给我找一根棍子过来，或者给我削一根拐杖什么的。"

"你是不是也太心急了一点儿？"薇塔问。

"谁说得准？"卢克回答道。

于是，我取了自己的剑，带在身上，跟随薇塔出了门，下了楼梯之后，我突然想到一件事，那就是每次我们俩单独在一起的时候，总会有第三个人成为我们的谈资。

刚一出卢克听力所及范围，薇塔便评论道："他来找你，是在冒险。"

"对，确实是。"

"所以，如果他真觉得你是他唯一可找的人的话，那他肯定是撑不下去了。"

"这话也对。"

"还有，我敢肯定他想要的不只是一个疗伤之所那么简单。"

"很有可能。"

"'有可能'，见鬼！他现在肯定已经问过你了。"

"也许。"

"他到底有还是没有？"

"薇塔，很显然你已经把你打算告诉我的，全都说了，"我说，"反之亦然，我们扯平了。我并不欠你任何解释。如果我觉得卢克可信，我会相信他的。不过，我还没决定下来。"

"这么说，他又拿花言巧语来对付你了。跟我说说，兴许我可以帮你做出决定。"

"不用，谢谢。你也不见得就比他好多少。"

"我关心的是你的安宁。别这么快就把一位盟友踢开。"

"我没有，"我说，"但你仔细想想，在你和卢克之间，我其实更了解卢克。我想我知道什么地方该信任他，什么地方不能。"

"希望你不会连自己的命都赌上。"

我笑了笑："这方面，我刚好比较保守。"

我们进了厨房，她向一位妇人交代几句。此人我之前从未见过，但似乎是厨房的负责人。将我们的早餐单子留给那妇人之后，她引着我出了侧门，来到露台，指了指东边的一片林子。

"在那儿，你应该能找到一棵合适的小树，"她说，"用来做卢克的拐杖。"

"很有可能。"我们开始朝着那个方向走去。"这么说，你真是盖尔·兰普伦？"我突然问道。

"对。"

"这种易身术，我一点儿都不了解。"

"我也不打算说。"

"能告诉我为什么不说吗？"

"不。"

"不能还是不想？"

"不能。"她说。

"可万一我已知道了点儿什么，你愿不愿意补充上那么一点点。"

"也许吧。试试看。"

"当你变身丹·马丁内茨的时候，你朝着我们其中一人开过一枪。你当时打的是谁？"

"卢克。"她回答道。

"为什么？"

"我已经弄清楚了他不是……哦，他对你是一个威胁……"

"……而你只是想保护我。"我接口总结道。

"完全正确。"

"那你所说的'他不是'又是什么意思？"

"口误。那边的那棵树看起来不错。"

我暗自笑了笑："太粗了。好吧，去那边。"

我走进了那片小树林，右侧确实有不少可选余地。

晨曦在林，朝露沾衣，沿路有不少纷乱的痕迹。一溜脚印，通向了远远的右侧，只见那儿……

"那是什么？"我一边朝着一棵老树下面的一团黑影走去，一边煞有介事地问道。不过我知道，薇塔也未必知道答案。

我率先到了那儿。是巴利庄园的一条狗，一个棕色的大家伙，喉咙已被撕开，血液已经凝固，变成了黑色，几只蚊虫，正趴在狗的身体上。右侧稍远的地方，一条稍小的狗的尸体，又映入了眼帘，已被掏去了内脏。

我查看了一下尸体周围，只见潮湿的地面上印着几个硕大的脚印。不过好在并不是我之前所遭遇到的那种似狗非狗的致命怪物，所留下的那种三趾印迹。而出现在这儿的，似乎只是一种大型犬的脚印。

"这肯定就是昨晚我所听到的那些动静，"我说道，"我还以为是狗打架。"

"什么时候？"她问。

"你离开之后，当时我正在打盹。"

随即，她做了一件奇怪的事情：双膝跪地，嗅了嗅那脚印。待得她站起身来时，脸上浮现出了一抹淡淡的不解。

"发现什么了？"我问。

她摇了摇头，随即望向了东北方。"我也拿不准，"她最后说道，"不过往那边去了。"

　　我又查看了一下稍远的地面，站起身来，最后跟着脚印走了下去。它果然是朝那个方向去的。数百步过后，一离林子便失去了踪迹。最后，我转过身去。

　　"我猜，应该是其中一条狗攻击了其他狗，"我推测道，"咱们最好找到那根拐杖，然后回去。不然，早餐该凉了。"

　　来到里面，我得知卢克的早餐已被送了上去。我有些左右为难，很想也带上我的那份，上楼去继续和他谈谈。不过如真是那样，薇塔肯定也会陪我上去，这样一来，我和卢克谈话自然也就不可能继续。除此之外，在那种场合，我自然也就不可能和她深说。所以，我不得不留在下面，陪着她一起吃。这也就意味着，卢克离开我视线的时间比预料的长了一些。

　　于是，当她说了一句"我们就在这儿吃"，并朝着一间大厅走去时，我只好跟着她一起走了过去。我猜她之所以选择那个地方，是因为我那房间敞开着的窗子，刚好就在露台上面，如果我们在那儿吃，卢克肯定能够听到我们的谈话内容。

　　我们在一张长长的硬木餐桌一头坐了下来，早餐早已就位。等到只剩下我们俩之后，她问："你现在打算怎么办？"

　　"什么意思？"我一边啜着葡萄汁，一边问。

她抬头瞥了一眼。

"他呀，"她说，"带他回安珀？"

"似乎只有这样才符合逻辑。"我答。

"好，"她说，"你还是早点儿把他送过去的好。王庭中的医疗条件毕竟要好得多。"

我点了点头："对，没错。"

我们吃了几口，她随即问道："这就是你的本意，对不对？"

"为什么这么问？"

"因为如非这样，那便是大错特错，而他，明显并不想让你那么做。因此，他会千方百计地说服你去做其他一些事情，一些让他在伤愈后，能够重获自由的事情。你清楚他是什么德行。不管是什么，他肯定都会说得天花乱坠。你必须记住，他是安珀的敌人，一旦他做好准备，再次动手，首先要对付的，就是你。"

"有道理。"我说。

"我还没说完呢。"

"哦？"

她笑了笑，又吃了几口，好让我仔细想想。"他来找你，肯定不是偶然，"最后，她接着说道，"他原本可以随便爬到一个地方，去舔他的伤口。但却甘冒奇险来找你，肯定就是有所图。他这是在赌博，不过却是算计好了的。千万别上当，默尔，你并不欠他什么。"

"我不明白你为何会觉得我照顾不了自己。"我回答道。

"我从没说过这话，"她回答道，"不过某些决定需要很高超的平衡技巧才行。稍有偏差，结果都会迥然不同。你了解卢克，但我也同样了解他。在这种时候，千万不能给他任何可乘之机。"

"被你说中了。"我说。

"这么说你真的决定让他得逞了！"

我笑了笑，喝了几口咖啡。"哼，他不过才刚醒来，还没那本事将我哄得团团转，"我说，"这些事我早已想过，而且我还想知道他是怎么想的。"

"我从没说你不该这么做，我只是想提醒你，有时跟卢克说话，无异于与虎谋皮。"

"对，"我承认道，"我知道。"

"而且等得越久，越是麻烦。"她补充道。

我喝了一大口咖啡，随即："你喜欢过他吗？"我问。

"喜欢？"她说，"对，我是喜欢过，而且现在仍然喜欢。不过，这个现在并不重要。"

"这个我就不知道了。"我说。

"你什么意思？"

"若非有什么特殊理由，你是不会伤害他的。"

"对，我不会。"

"他现在对我构不成威胁。"

"似乎确实是这样。"

"若是我把他留在这儿给你看管，而我则动身前往安珀，去走试炼阵，去向他们通报呢？"

她重重地摇了摇头。"不行，"她声明道，"这种时候，我是不会……不能……承担这种责任的。"

"为什么？"

她犹豫了起来。

"别再说你不能告诉我啊，"我接着说道，"找一个法子，尽量多告诉我一些。"

随即，她缓缓地开了口，像是字斟句酌一般："因为对我来说，看着你远比守着卢克要重要得多。虽然我还没弄清楚，尽管他似乎已不是威胁的源头，但你仍然还有危险。保护你免遭这些危难，远比看着他要紧迫得多。因此，我不能留在这儿。如果你回安珀，我也得去。"

"我很感激你的关心，"我说，"但我不会让你当跟屁虫的。"

"咱俩都没选择。"

"万一我用主牌，远远地去了某个影子呢？"

"那我也得跟着你。"

"用这个皮囊，还是换一个？"

她转开了目光，戳了戳盘中的食物。

"你已经承认你可以变成另外的人了，你还用了某种不可思议的方法，锁定了我的位置，然后还在我眼皮底下，占据了某个人的躯壳。"

她喝了一口咖啡。

"兴许你不说也有你的理由，"我接着说道，"但那就是事实，我知道的。"

她敷衍似的点了点头，接着吃了起来。

"如果我现在就用主牌离开，"我说，"而你也用你那种古怪的方式跟随而去的话，"我不由得想起了梅格·德芙琳以及汉森太太在电话中所说的那些话，"然后真正的薇塔·巴利便会在自己的体内苏醒过来，接着片段性失忆，对不对？"

"对。"她轻声回答道。

"而且那样一来，便会将卢克扔给一个一旦知道他身份，便将他置之死地而后快的人。"

她浅浅地笑了笑。"是这样。"她说。

我们沉默着吃了一会儿。为了逼我用主牌带着卢克一起回安珀，她已经将所有的可能性，都堵了一个严严实实。我并不喜欢被人操纵或是胁迫。若不能随机应变，自由自在地处理问题，那同胁迫又有什么区别？

吃完，我往我们两人的杯中添了一些咖啡。凝视着对面墙上那一排排各种狗的画像，我有滋有味地慢慢品尝着咖啡。之所以没有说话，是因为实在想不出有什么可说的了。

最后，她找到了。"那你到底打算怎么做？"她问我。

我喝完咖啡，站起身来。"我打算把卢克的拐杖给他送上去。"我说。

我将椅子推回原位，朝着放置那根棍子的屋角走去。

"那然后呢？"她说，"你打算怎么做？"

我将那根棍子扛在肩上，回头瞥了她一眼。她正笔直地坐在那儿，双掌朝下，搭在桌上。复仇女神的神情，再次挂上了她的脸，我几乎都已经感到了空气中的电光火花。

"做我必须做的事情。"我一边回答，一边朝着门口而去。

一离开她的视线，我便加快了步伐。来到楼梯处，眼见她没有跟来，我便一步跨两级台阶，一边往上而去，一边掏出了我的纸牌，翻出了合适的那一张。

进屋一看，卢克正靠在枕头上面休息，早餐托盘放在床边的一把小椅子上面。我放下门闩。

"怎么了，哥们？有人打进来了吗？"卢克问。

"快起来。"我说。

随即，我拿起他的长剑，来到了桌边，将他扶起，把那些东西连同长剑，一起塞给了他。

"我已经没有了退路，"我说，"可我还不想把你交给兰登。"

"还算你有良心。"他评价道。

"可咱们得离开。现在。"

"我没问题。"

他拄着拐杖，缓缓站了起来。大厅中已传来了动静，但已经晚了。我已经举起了那张纸牌，开始凝神定虑。

门已被擂得山响。

"你肯定有事，而且我觉得那是不对的。"薇塔叫了出来。

我没有回答。画面已经清晰起来。

门框被一脚踢碎，门闩也被崩了开来。我伸出手去抓住他的胳膊时，卢克的脸上露出了一丝担忧的神情。

"快。"我说。

正当我拉着卢克朝前而去时，薇塔冲了进来，双眼犹如要冒出火来一般，双手也同时伸了出来。一声"蠢货！"的尖叫刚一出口，便似乎变成一声悲叹，而她，也已被弹到了一边，伴随着空气中的一阵涟漪，消失了。

我们站在一片草地上，卢克长长地吐了一口已憋了许久的气。

"好小子，你总喜欢玩这种心跳。"他说完，打量起了周围。

随即，开始坏笑了起来。

"真有你的，"他说，"水晶洞。"

"从我的亲身经历来看，"我说，"此地的时间流应该刚好满足你的要求。"

他点了点头，我们开始慢慢地朝着那座高高的蓝山爬去。

"口粮还剩不少，"我补充道，"睡袋也应该还在当初我摆的地方。"

"那正好。"他承认道。

还没来到山脚下，他便气喘吁吁地停了下来。我看到他的目光，移动到了我们左侧几块白骨之上。上次前来移开巨石的那两个人，摔下这儿的时间已不短，足够食腐动物完成它们的工作。卢克耸了耸肩，又往前走了几步，便靠在了蓝色石头上面，慢慢地蹲了下去。

"看来得等等才能再爬了，"他说，"虽然有你扶着，但我也不行了。"

"没问题，"我说，"咱们刚好可以接着谈。如果我没记错的话，你要给我一个我无法抗拒的理由。而我，则需要把你带到这样一个地方，利用锁钥同这儿的时间差，好让你的身体飞速复原的地方。而你，作为回报，将会向我提供一条关乎安珀生死存亡的信息。"

"没错，"他同意道，"而且我剩下的经历你也还没听完，一并奉送。"

我走到他身前，蹲了下来："你说你母亲逃往了锁钥，很显然已经陷在了那儿，所以才向你求救。"

"对，"他承认道，"所以我放下了鬼轮的事，想要帮她。我同德尔塔取得了联系，他同意前来攻击锁钥。"

"在危急时刻能够认识一伙用得上的雇佣军，总是好的。"

他飞快地瞥了我一眼，目光有些异样，但我依然能够维持住那副懵懂的表情。

"于是我们领着他们穿过影子，开始对那个地方展开攻击。"他随即说道，"你当时在那儿看到的，应该就是我们。"

我缓缓点了点头："看起来你们已经攻上了城头。出什么事了？"

"我还没弄清楚，"他说，"一切开展得都很顺利。防御在渐渐瓦解，我们也在稳步推进，可突然间，德尔塔倒戈了。我们分开了一段时间，然后，等他再次现身后，他便对我动了手。开始时，我还以为他是搞错了。我俩的身上全都是血，脸上也脏兮兮的，于是我大声告诉他那是我。有那么一会儿，我以为那不过是误会，他很快便能回过神来，因此并没有还手。"

"你觉不觉得是他出卖了你？或者蓄谋已久？要不就是积怨？"

"我不想那样想。"

"那么是魔法？"

"兴许吧。我不知道。"

一个奇怪的念头突然浮上心头。

"他知道你杀了凯恩吗？"我问。

"没有，我已下定决心，不把我所做的一切告诉任何人。"

"你不会是在耍我吧，是不是？"

他笑了起来，动了动，像是要拍拍我的肩膀，但皱了皱眉头，改了主意。

"为什么这么问？"他随即说。

"我也不知道。纯属好奇。"

"那是。"他说，"你看，你扶我一把，让我进去看看你都留下了些什么，怎么样？"

"好吧。"

我站起身，扶他站了起来，沿着右手边最缓的一片山坡，缓缓来到了坡顶。

来到山顶之后，他靠在拐杖上，瞅了瞅入口下面。

"对我来说，"他说，"要下去可真不容易。我原先还以为你可以拿一些装食品的桶垫在下面，然后我便可以踩着下去。不过现在一看，可比预料中要高得多。伤口肯定会崩开的。"

"嗯……"我说道，"稍等，我有主意了。"

我转身离开他，来到坡下，沿着蓝色的山坡，往右侧绕过了两座亮晶晶的山头之后，完全避开了卢克的视线。

如非万不得已，我是不会轻易在他面前使用洛格鲁斯的。一来，我不愿意他看到我是如何施展；二来，也不愿意让他看到我都会什么，不会什么，而且也不乐意别人看到我太多的东西。

在我的召唤下，洛格鲁斯出现在了面前，我探进去，双臂沿着它前伸。我的意念固定了下来，变成了目标。双手越探越深，越来越远……

许久过后，我依然在寻觅着，想必是探进了原始社会……

有反应了。

我并没有急于用力，而是缓缓施压，随即感觉到它穿过影子，朝我移动了过来。

"嘿，默尔！一切还顺利吗？"卢克叫道。

"还好。"我敷衍了一句。

近了，更近了……

好了！

一头离我实在是太近，将我撞了一个趔趄，而另外一头，则砰的一声落在了地上。于是，我挪到中间，重新抓住，将它放到肩上，扛了回来。

将它搭在卢克身前的一片峭壁之上，我飞快地爬了上去，将它从身后拉了上来。

"好家伙，这梯子是从哪儿弄来的？"他问。

"捡到的。"我说。

"这边的漆看起来都还没干啊。"

"兴许是别人刚丢的。"

我将它从入口处放下去。插到洞底之后，依然还有几英尺露在洞外。我调整了一下，好让它更为稳固。

"我先下去，"我说，"就在下面接你。"

"先把我的拐杖和剑拿下去好不好？"

"没问题。"

我依言而为。等我下到洞底时，他已经上了梯子，开始往下爬。

"趁这几天工夫，你得把这一招传给我。"他喘着粗气说道。

"不知道你在说什么。"我答。

他下得很慢，每下一个梯级，都得停下来歇歇，等到了洞底之后，已是满脸通红，气喘如牛。随即，他噗的一声坐在了地上，右手紧按着肋下。过了一会儿，他这才往后挪了挪，靠到墙上。

"你还好吗？"我问。

他点了点头。"会好的，"他说，"给我几分钟。被人刺了一剑，总会带出点儿什么。"

"想要毯子吗？"

"不用，谢谢。"

"哦，那你先在这儿歇一会儿，我去看看口粮都还剩些什么。要不要我给你带点儿东西过来？"

"水。"他说。

储藏在里边的东西全都完好无损，睡袋也还在我当初摆放的地方。我给卢克取了一些水回来。不过，记忆中倒是有几个颇具讽刺意味的画面，偶尔浮现在了脑海之中。

"看起来你运气还行，"我告诉他，"东西还不少。"

"你不会把所有的酒都喝光了吧，是不是？"他一边喝着水，一边忙不迭地问道。

"没有。"

"好。"

"你说你有一条安珀绝对会感兴趣的情报，"我说，"介意现在告诉我么？"

他笑了笑。"还不行。"他说。

"我还以为咱们已经达成交易了呢。"

"你并没有听我说完，咱们被打断了。"

我摇了摇头，不过，"好吧，我们是被打断了，"我承认道，
"那把剩下的都告诉我吧。"

"我得先能站起来，然后便去锁钥，救我母亲……"

我点了点头。

"等救了她之后，那信息就是你的了。"

"嘿！等等！你他娘的也太贪心了！"

"可你得想想我都付出了什么啊。"

"看来我这是在隔山买老牛啊。"

"对，我觉得你还真是。但相信我，那消息绝对不会让你吃
亏。"

"可万一在我等你的这段时间，那消息便能派上用场呢？"

"不会，我算计过日子了。按安珀时间来算，我只需要一两天
就能康复。据我估计，事情不会来得那么快。"

"卢克，这事听起来越来越像是诡计了。"

"就是，"他说，"但它对安珀，对我，都有好处。"

"那是另外一码事。我看不出你有何理由要把这样的消息，透
露给你的敌人。"

他叹了一口气。"这事说不定能让我脱身。"他补充道。

"你不会是想放弃世仇，化干戈为玉帛吧？"

"我也不知道。不过我最近想了很多，如果我真决定走那条

路，说不定还能成为一个不错的开拓者。"

"可如果你决定不走那条路，那你现在就是在对付你自己。难道不是吗？"

"不过，我也送不了命。兴许会更加艰难一些，但也并不是不可为。"

"我不知道，"我说，"如果今天这事传了出去，我就这样两手空空地把你给放了，那我就真的有大麻烦了。"

"天知地知，你知我知。"

"还有薇塔。"

"可她坚决声称自己毕生的目标，就是保护你的安全。还有，等你回去后，她已经不在那儿了。或者，那个真正的薇塔已经从沉睡中醒了过来。"

"你凭什么这么肯定？"

"因为你已经走了。她很有可能已经找你去了。"

"你知道她到底是谁吗？"

"不知道，但我会抽空帮你想想。"

"现在不行？"

"不行，我得再睡一会儿。又有点儿困了。"

"那咱们把这次的交易再确认一遍。你要干什么？打算怎么做？还有就是，都答应了我什么？"

他打了一个哈欠。"我会一直留在这儿，直到身体复原，"他说，"等我做好偷袭锁钥的准备之后，便联系你。这倒是提醒我了，我的主牌还在你那儿呢。"

"我知道。接着说。你打算怎么攻进锁钥？"

"我正在想呢。这事也会让你知道。总之，等到你看过计划后，可以选择帮忙或是不帮。不过，我不介意多一名魔法师同去。等到我们进去，一救出她，我就告诉你我所承诺的东西，然后你把它带回安珀。"

"万一你失败了呢？"我问。

他望向了别处。"我想这种可能性总是有的，"他最后赞同道，"好吧，你看这样怎么样？我把整件事都写下来，带在身上。攻击开始前，我会把它交给。亲手交给你或是通过主牌。不管是输是赢，我都会履行承诺。"

他伸出那只未受伤的手，我们击了掌。

"好吧。"我说。

"那就把我的主牌还给我吧，等我能动了之后，我好告诉你。"

我犹豫起来。最后，我将我那一沓掏了出来。此时的主牌，早已厚了许多，我将我自己的，连同他的几张，抽出来，把剩下的给了他。

"剩下的呢？"

“我想研究一下，卢克。好吗？”

他无力地耸了耸肩："我随时都能再做一些。不过好歹把我母亲的还给我。"

“给。”

他接了过去，随即说道："我不知道你心里到底是怎么想的，不过送你一条免费建议：别和德尔塔搞在一起，他正常时就不是什么好人，更何况现在还不正常。离他远点儿。"

我点了点头，随即站了起来。

“你现在就走？”他问。

“对。”

“把梯子留给我。”

“是你的了。”

“你回安珀怎么跟他们说？”

“还不知道呢，”我说，“嘿，在我离开前，需要我搬一些吃的过来吗？这样也好给你省一些力气。”

“好。好主意。顺便也给我带一瓶酒过来。”

我过去给他取了一些吃食，并将睡袋一并拖了过来。

往梯子上爬了几步，我随即停了下来。“你自己也还没拿定主意，”我说，“对不对？”

他笑了笑：“只是还不大确定。”

来到梯子顶部，我盯着那块曾经将我封在下面的巨石看了看。早些时候，我曾想过以其人之道，还治其身。我完全可以计算着时间，等到他能下地之后，再来放他。那样一来，他便不能在我面前玩失踪了。但我最终压下了这个念头。我是唯一知道他在哪儿的人，如果我出了什么事，他便死定了。不过，最主要的，还是因为等到他能动弹了之后，他得用主牌联系我，如果完全被隔绝，便无法同我取得联系。总之，我是这么告诉自己的。

我弯下腰去，抱住了那块巨石，将它朝着入口推了过去。

"默尔！你在干吗？"一声惊呼，从下面传了上来。

"搬开石头找鱼饵啊。"我回答道。

"嘿，拜托！别……"

我耸耸肩，将它又挪了几寸。

"默尔！"

"我还以为你可能会想把这扇门关上，以防下雨呢，"我说，"不过这玩意儿也他娘的太沉了。放松点儿。"

我转过身去，跳了起来。兴许，肾上腺素多上那么一点点，对他也不是什么坏事。

第八章

到了山下，我继续往前走，来到我先前变出梯子的地方，避开了各个方向的视线。

我抽出一张空白纸牌。时不我待。等到我将铅笔也掏出来时，这才发现笔尖早已折了。我拔出长剑，为这柄同我胳膊差不多长短的剑，又找到了一个新用途。

约莫一分钟过后，我将那张纸牌放到一块平整的岩石之上，开始画起我在阿伯庄园中的那间屋子。洛格鲁斯在指尖缠绕，必须画得分毫不差，而且还得将恰当的情感，灌注其间。最后，终于完成了。我站起身来。很好，一切就绪。我展开意念，紧盯我的杰作，直至其化为现实。随即，我向前而去，进入了那个房间。恰在这时，一个念头浮现在了脑海。我还有一些事情想要问问卢克，但已经晚了。

窗外，树荫已经延伸到了东方。显然，我此次离开，已将近一天了。

转过身来，只见枕头下面压着一张纸条，显然是为了防止被风吹走。我走过去，将其拿在手中，把摆放在上面的那枚蓝色纽扣，一并收了起来。

是用英文写的，只见上面写道：

用不着时，将蓝色纽扣放到一个安全之所。我亦不能多带在身边。唯愿你的选择是对的。用不了多久，我便能查明。再会。

没有署名。

不管安全与否，我都不能将它留在这儿。于是，我用纸条包起那枚纽扣，放进兜里，随即从衣橱中寻来我的斗篷，搭在胳膊上。

我离开房间。门闩已被崩断，因此我只能任由房门敞开着。来到走廊上，我停下来听了听，没有任何声响，也没有丝毫动静。

径直走到楼梯前，我向下走去。快到楼梯底部时，我留意到了她，正坐在我右侧的一扇窗前，纹丝不动，身旁的一张小桌之上，摆放着一个托盘，上面是面包、奶酪、一瓶牛奶和一个杯酒。

"梅林！"她突然欠了欠身，说道，"仆人们说你来了，但我过去时，又找不见你。"

"我被人叫走了。"我说着，下了最后一级台阶，走了过去，"你觉得怎么样？"

"你怎么，你都知道些什么？"她问。

"你很可能已经想不起最近这一两天发生的事情了。"我答。

"没错，"她说，"你不坐坐吗？"

她指了指小桌对面的一张空椅子。

"请陪我坐一会儿吧，"她指了指那托盘，"我给你倒点儿酒。"

"没问题。"说完，我看到她喝的是白葡萄酒。

她起身穿过屋子，走到一个橱柜前，打开，又拿一只高脚杯。回来后，她往杯中倒了少许"巴利尿尿"，放到我的手边。我猜，他们很有可能把好东西都留给自己了。

"就我暂时失忆这事，你都知道些什么？"她问，"我原本在安珀，可一觉醒来，却回到了这儿，而且还过去了好几天。"

"是的，"我说着，拿了一块饼干和一小片奶酪，"你大约是什么时候醒过来的？"

"今天早上。"

"那就没什么可担心的了，至少现在，"我答道，"应该不会再有这种事了。"

"可这到底是怎么回事？"

"不过是一些流行性小病罢了。"我说着，试了试那酒。

"感觉更像是魔法，而非流感。"

"兴许也有这方面的因素，"我赞同道，"谁也说不准影子当中都会出来些什么东西。不过就我所知，所有患过这种病的人，现在都已经好了。"

她眉头深锁："真奇怪。"

我又吃了几块饼干，喝了几口酒。他们确实是把好东西都留给自己了。

"绝对没什么值得担忧的。"我重复道。

她微笑着点了点头："我相信你。不过，你来这儿做什么？"

"中途歇歇脚。我从别处来的，"我说，"要回安珀去。不过这倒提醒了我。我可以借一匹马吗？"

"当然可以，"她回答道，"你打算什么时候走？"

"有了马就走。"我说。

她站起身来："没想到你这么着急，我这就带你去马厩。"

"多谢。"

出去时，我又抓了两块饼干和几片奶酪，并将剩下的酒喝了个一干二净。我在想，那一片蓝色的迷雾，此时又飘向了何方？

我挑出一匹好马，她告诉我说可以送到他们家在安珀的马厩中去。那是一匹灰马，名叫烟灰骢。我给他上了鞍辔，又给自己披好斗篷，随即握住了薇塔的手。

"多谢款待，"我说，"虽然你不大记得了。"

"先别急着说再见，"她告诉我，"骑到露台的厨房门口那儿，我得给你准备一壶水和一些吃食，给你路上吃。我们不会是发生了什么疯狂的事情，而我又不记得了吧？"

"作为一名绅士，这种事自然是打死也不会说的。"我说。

她笑了起来，拍了拍我的肩膀。"等我到了安珀之后，抽空来看看我，"她告诉我说，"然后好好跟我讲讲这两天发生的事情。"

我取了一套鞍囊、一袋马料和一条略长的缰绳，牵着烟灰骢出了马厩。薇塔径直朝着庄内走去，我则骑上了马背，慢慢地跟在她身后。几条狗围着我跳跃着。绕着庄园走了一圈，我在厨房旁边拉住缰绳，下了马背，再次看了看这片露台。真希望自己也能有一个，好能在清晨坐上一坐，喝上一杯咖啡。或者，同朋友聚聚。

过了一会儿，门开了，薇塔走了出来，将一个包裹和一只水壶递给了我。趁着我装那些东西的工夫，她说道："请告诉家父，我过几天就回去，好吗？跟他说我有点儿不舒服，所以来了乡下，但我现在已经好了。"

"乐意效劳。"我说。

"我还是不大明白你为何会在这儿，"她说，"不过要是牵扯到政治或是阴谋诡计什么的，那还是别告诉我好了。"

"好。"我说。

"如果有那么一个红头发的高个男子，似乎受了重伤，而且仆人还给他送过饭的话，我最好也忘了吗？"

"要我说最好这样。"

"那就这样吧。不过改天我还是想听听。"

"我也是，"我说，"咱们到时再说。"

"那，祝你旅途愉快。"

"多谢，我会尽量的。"

我握了握她的手，转身上了马。

"告辞。"

"安珀见。"她说。

我骑着马，再次绕着院子，回到了马厩附近，越过马厩后，上了一条我们先前曾骑行过的小路。沿着此路直走，便是我想去的方向。庄园中，一条狗开始叫了几声，片刻过后，另外一条也附和了起来。微风从南面徐徐而至，带来了几片落叶。我希望能够独自上路，就一个人，远远地走上一趟。茕茕孑立，此时对我最是合适不过，我可以尽情地去想，想那些此时正盘旋在我脑海当中的东西。

我朝着西北方向前行，约莫十分钟后，来到了那天曾来过的一条土路。这次，我沿着这路一路向西，它随即将我带到了立着石柱的那个路口，根据石柱上的指示，安珀就在正前方。我继续前行。

脚下是一条黄泥土路，满是车辙，随着地势，在田地外的石墙当中蜿蜒穿行。几棵树木，寥落地陪伴在两旁。一片隐约可见的山峦，远远地从正前方的　片森林上方，探出了头。烟灰鲲的脚步，渐渐从容了起来，而我的思绪，也散了开去。

我已经有了一名敌人，这一点毋庸置疑。卢克已经保证过，说他已经不再做那些事了，而我也发现，他的话，确实有一定的说服力。正如他和薇塔所指出的那样，他用不着非得来找我，来自投罗网，完全可以自行前往水晶洞，或是换一个藏身之所。而让我帮忙营救贾丝拉这事，也大可缓上一缓。因为我是他和安珀之间唯一能够牵线搭桥的人，而且他现在又走了霉运，所以我更加愿意相信，他是回来和我重修旧好的。我有一种感觉，他真正想要的，是安珀对他的态度，而他所提到的那条关乎安珀生死存亡的情报，不光可以用来向安珀示好，还能成为他到时谈判的筹码。我不大肯定，我个人对他营救贾丝拉的计划到底会有多大的用处。他不光对锁钥内的情况了如指掌，而且他本身就是一位魔法师，手头还有一帮随时可以从地球影子带过去的雇佣军。就我所知，他手头的那种古怪弹药，在那地方也同在安珀一样，完全能用。且不管这事到底是不是真的，他干吗不直接用纸牌将他手中的队伍，传送到那个地方去呢？他甚至都用不着大战一场。只消潜入锁钥，将贾丝拉抢出来即可。对，我真的觉得，不管他最后决定怎么干，我对此事，都无甚用处。我有一种感觉，那就是他不过是向我释放了一颗烟幕弹，希望烟雾散尽之后，我们既往不咎，唯独考虑他手头都有什么、他到底想要什么，并且给他开出条件。

我还有一种感觉，那就是既然凯恩已死，他的家仇已报，那他兴许愿意罢手言和。而且我还觉得，贾丝拉就是他这条道路上的绊脚石。虽然我不清楚她对他的控制到底有多深，但我隐隐觉得，他所提到的那条情报，兴许还暗藏着瞒过她的法子。如果他能神不知鬼不觉地将它交给我们，而我们又能不露马脚的话，那他便既能照顾她的颜面，又能在我们这儿买到一份平安。可真够叫人着急的。我现在所面临的问题，便是找出一套说辞，将此事在王庭当中应付过去，不让人觉得我这么白白放了他是叛国行为。这也就意味着，我必须让别人看到这么做的必要性。

道路两旁的林木渐渐多了起来，那片林子也近了许多。一条清溪之上，架着一座木桥。我从桥上而过，潺潺的水流声，伴了我一段时间。左侧，是焦黄的田野和远远的谷仓，右侧，是一条断了的车轴……

可如果我把卢克想错了呢？有没有法子能够逼他一下，让他尽快暴露自己的真实意图？一个点子开始渐渐成形。我并没有欣喜若狂，但我还是仔细想了想。得敢于冒险，下手还得快，这是这个法子当中不可或缺的两样东西。不过，仍然值得考虑。我尽量将其完善了一下，随即抛在一边，回到先前的思路上来。

就在某个地方，正藏着我的一个敌人。如果不是卢克，那会是谁？贾丝拉似乎是最佳人选。我们的两次遭遇，她对我的态度，最是明朗不过。她很有可能也是死亡巷遭遇战的幕后元凶。若真是那样，我暂时反倒是安全的，因为此时，她正被囚禁在锁钥当中。当然，如果她在失陷前便已派出了杀手，那又另当别论。不过，那未免也太多此一举了。为何要在我身上费这么大的心力？我不过是她复仇道路上的一个小角色，追杀我的那些人，差点儿就得手了。

如果不是贾丝拉呢？那就依然还在危险之中。那个戴蓝色面具的巫师，据我估计正是沙鲁·加卢尔。这人竟然用龙卷风来追我，撒花时的优雅荡然无存。不过这事也证明，他同我在弗萝拉旧金山公寓中的那段诡异经历，有着千丝万缕的联系。那时，是他先挑起的事，也就是说，他对我原本就有阴谋。他当时说什么来着？想要看看我的本事，因为兴许将来，我们的目标会有冲突。回想起来，可真够有意思的。不过，我实在看不出来发生这种事情的可能性。

不过，真是沙鲁·加卢尔派出的那些杀手吗？虽然他对于那些能够引到杀手的蓝色石头非常熟悉——我兜里的蓝色纽扣便是证明——但此事似乎也有点儿说不通。因为一来，我们的目标，目前还没有任何冲突之处；二来，这也不像一个撒花神秘高手的行事风格。当然，也有可能是我想错了，大错而特错，但对于这种人，我更希望同他来上一场魔法对决。

来到那片森林边时，田野已变成了荒原。薄暮微光中，是一个枝繁叶茂的世界。不过，却不如亚拉丁的原始丛林那般茂密，远远看过去，树冠之间还有着不少巨大的空隙。道路越变越宽，并不难走。我拉了拉身上的斗篷，进了那片幽深的清凉的绿荫中。若以后的道路都能像这样，骑行起来倒也不费事。更何况，我原本便不着急，正好有着太多的事情，需要思考……

那个无名无姓而又鬼魅一般存在的，也就是刚刚控制过薇塔的那个人，若我能够多了解她一些，那就好了。她到底是什么东西，我依然一头雾水。对，没错，就是"她"。就其性别上来说，我更倾向于女性，虽然她也曾控制过乔治·汉森和丹·马丁内茨，但毕竟在梅格·德芙琳的外表下，同我有过一夕之欢。很难说。不过我认识盖尔的时间并不短，而且湖中的那名女士，似乎也是如假包换的女人……

足够了，我将"她"这个称谓，定了下来。其他一些更为重要的问题，接踵而至。比如，不管她是什么东西，为何总是阴魂不散地跟着我，并坚称自己想要保护我？我虽然很感激她这份情谊，但依然看不透她的动机。

不过比起她的动机来，似乎还有更为重要的东西，那就是保护我这事，为何竟能成为她的主要任务？最关键的是，究竟是什么让她觉得我需要保护？她肯定知道我正面临着某个致命的危险，但为何又不透露一丝一毫的信息，告诉我它究竟是什么？

莫非这就是我的敌人？真正的敌人？薇塔的死敌？

我将关于她的所有信息以及猜想，又在心底里捋了一遍：

有一种奇怪的生灵，能够幻化为一片蓝色的青烟。她总能穿过层层影子，找到我的藏身之所。她拥有一种法力，能够控制人类的身体，彻底压制其原本的意识。她在我周围游荡了好几年，而我却没有丝毫察觉。她最初的化身，就我所知，就是卢克的前女友，盖尔。

为什么是盖尔？她若真是在保护我，那为何又要潜伏在卢克身边？为什么不变身成同我约会的女子？为什么不是茱莉亚？可她偏偏选中了盖尔。难不成是因为卢克就是我的威胁，而她接近他只是为了盯着他？可当卢克想要取我性命时，她分明又听之任之。然后又是贾丝拉，她也承认说她知道其中几起"事故"，背后正是贾丝拉。那她干吗不直接把他们给解决掉？她完全可以占据卢克的身体，走到一辆高速行驶的汽车面前，再从那副躯壳上抽身离开，然后在贾丝拉上如法炮制？她并不害怕自己寄居的身体死去，我曾亲眼见过两次。

除非她事先知道那些针对我生命的阴谋，全都不会得逞。那个邮包炸弹，会不会就是她毁掉的？会不会正是她，在那天早上煤气被人打开时，向我示警？不过，似乎不如直接除掉祸根来得更简单。我知道她杀人时并不手软。在死亡巷，便是她下令杀死我的最后一个活口的。

到底为什么？

两种可能性，立刻跳入了我的脑海。其中一个便是她其实真的喜欢上了卢克，她想找出办法感化他，而不忍心干掉他。不过我随即又想到了被她附体的马丁内茨，这又有点儿说不通了。那晚在圣菲，她确曾朝着卢克开枪。好吧。然后便是另外一种可能性：卢克并非真正的威胁，而且她非常喜欢他，因此在看到他已经放弃了4月30日阴谋，而且我们俩也变成了朋友之后，她让他活了下来。新墨西哥所发生的一些事情，让她改变了主意。至于到底是什么，我想不出个所以然来。她跟着我去了纽约，然后又先后化身成为乔治·汉森和梅格·德芙琳。那时的卢克，已经消失在了深山里，不再代表着威胁，但她还是近乎疯狂地试图联系我。难道当时有什么危险正在降临？真正的威胁？

我绞尽脑汁，也想不出那个威胁到底会是什么。会不会是从一开始，我便想错了，误入了歧途？

她肯定并非无所不知。她鼓动我前往阿伯庄园，除了想让我尽快离开伏击地点之外，更多的是想套出我的信息。而她想知道一些事情，并不比她已知的那些，有趣多少。

我的心猛地一跳。她问我的第一个问题，是什么？

我心念电转，回到了比尔·罗斯的家。当时，这个问题我曾不止一次听到过。化身为乔治·汉森的她，曾不动声色地问过那个问题，但我撒了谎；在那个神秘电话当中，她又问了同样的问题，被我拒绝了；在梅格·德芙琳的床上，她终于让我说出了那个问题的真正答案：令堂叫什么？

等到我告诉她我母亲名叫黛拉之后，她这才打开了话匣子，警告我防着卢克。当时，她似乎还想告诉我一些事情，不料却被真正的梅格的丈夫打断了。

这个问题说明什么？它说明了我出身于混沌王庭，此事她虽然没来得及明说，但似乎非同小可。

我有一种感觉，觉得自己似乎找到了答案，但若非锁定了那个问题，是不可能想到这一点的。

够了，我不能再想了。她确实意识到了我同王庭的关系，但想明白了这一点，我依然什么也没得到。很显然，她也知道我同安珀的关系，但这同样说明不了什么问题。

于是，我将这个问题暂时放到一边，打算过段时间再说。我还有许多事情需要去想。至少，下次若是同她见面，我已有不少新问题可以问她了。我坚信，我们必能再次相遇。

随后，我又想到了其他一些事情。若她真的曾经保护过我，那也是在幕后。她提供了许多信息，许多让我觉得正确无误但又无法验证的信息。从她所打的那个电话，从她在纽约的潜伏以及在死亡巷杀了我即将到手的活口这两件事情上来看，她分明就是在帮倒忙。可以想到的是，她想必还会再次现身，在一个错误的时间，以帮忙的名义，来给我捣乱。

因此，我非但没有考虑同兰登迫在眉睫的争执，反而将接下来的一个小时，全都花在了思索究竟都有何种生灵，既能寄居人身上，又能控制自如。如想做到这一点，似乎只有几种特定的办法。我迅速缩小了范围，利用叔叔交给我的那些东西，去探索她的本来面目。有了一些眉目之后，我又追本溯源，沉思起了这当中都涉及到哪些技能。

通过这些技能，我又一路想到了它们的各个细节。使用一项尚未熟稔的法术，尤其是用来炫耀，不光浪费，而且还会大伤施法者的元气，更别提做到优雅的地步了。最好做好准备。

我暗暗准备了一番，将咒语一一念了出来。若是换成宿慧，他兴许能完成得更快一些，不过这种东西施展之后，需要相当长一段时间，才会衰减，更何况，如果我的猜测无误，我这次施法还必须得能发能收，在该施展的时候施展出去才行。于是，我细细校验了一番，将它们都汇集到了一个点上。它实在是太长了，若是仓促间施展出来，很难做到万无一失。我又细细看了看，发现只需三个制轮楔便能将其托着。虽然四个会更加完美一些。

我召唤出洛格鲁斯，让它萦绕在舌尖，随即一字一句地说出了咒语，特意省略了先前选定的四个密咒。那些咒语刚一出口，四下里便陷入了一片死寂。一个个咒语，犹如失去了颜色和声响的蝴蝶一般，被困在了洛格鲁斯的无形迷网之中，招之即来，只等念出那四个魔咒，便会立刻释放出去。

　　我收起洛格鲁斯视觉，舌尖顿时轻松了起来。此刻，她已不再是唯一一个只会给人惊喜，令人烦恼的主了。

　　我停下来喝了一些水。天色愈发暗了，森林中的各种轻响，又回到了耳畔。我在想菲奥娜和布雷斯到底有没有现身，比尔在镇上的日子到底过得如何。听着枝叶间的沙沙声响，突然间，我有了一种被人监视的感觉，并非通过主牌的那种细看，而像是有一双眼睛正盯着我。我打了一个寒战。刚才那些关于敌人的各种假设……

　　我解开长剑，继续骑行。夜色尚早，而前方的路，依然很长。

　　穿行于夜色之中，我一直保持着警惕，但随后便再也没有了任何意外响动，也没看到任何不该看到的东西。莫非我对贾丝拉、沙鲁，甚至包括卢克的那些猜想，全都错了？身后莫非还有另外一伙刺客？不时，我会拉住缰绳，静坐马鞍之上，凝神细听。但依然没有任何不正常的动静，也没有任何被人跟踪的迹象。我严重怀疑起了兜里的那枚蓝色纽扣。莫非它真被某些邪恶之徒利用了？我暂时还不想把这东西给处理掉，就我所知，它还有许多用途。除此之外，如果我确实已经被它做了标记——这是极有可能的事情——那即便是现在把它扔了，依然无济于事。在破解它的神秘之前，我会将它藏在一个安全的地方。除此之外，我还没能找到一个更加合适的办法。

天空一点点暗了下来，数颗星辰在上面犹犹豫豫地探出头。烟灰骢愈发慢下脚步，但道路依然好走，苍白的路面，依然依稀可见，并不见有任何危险。右手边，一只猫头鹰叫了一声，片刻过后，它的黑影便已从树丛腰部，掠了过去。若不是我疑神疑鬼且沉溺其中，这样的夜晚，倒也是骑行的好时候。我喜欢秋天以及森林的味道。等过会儿歇息的时候，一定要在篝火当中投上几片树叶，闻一闻它们那独特的辛辣之气。

夜空澄澈而清爽，马蹄声、呼吸声，似乎成为四下里唯一的声响。不过没过多久，我们便惊起了一头小鹿，它带着一连串的声响，渐渐消失在了远方。一座木桥，小而坚固，就横在眼前，但没有山精来收过桥费。山路转向上方，我们稳稳地向上蜿蜒而行。此时，枝叶摇曳间所投下的星光，较先时稠密了许多，但依然看不到一丝云彩。往上走了一段路之后，落叶乔木渐渐少了起来，但常青林，却繁茂了许多。山风已有了一些凛冽的味道。

歇息的次数渐渐多了起来。或为歇马，或为听听动静，或让烟灰骢嚼上两口饲料。我决心就这样一直走到月亮升起，也好触景生情，回忆一下离开安珀时的那天晚上。若是我能坚持到那个时候，那明天到安珀的路便轻松多了。

弗拉吉亚在我手腕上轻轻跳动了一下。见鬼，我当初在大马路上超车时，不也经常这样？兴许，是一只饥饿的狐狸刚刚路过，看了看我之后，很是无奈，恨只恨自己不是一头熊。不过，我还是等了等，暗暗做好了戒备，外松而内紧。

不过，什么事也没有，警报也没有再次发出。过了一会儿之后，我继续骑行。随后，我又将思路转回到了同卢克打交道这件事上。还有就是，贾丝拉。还算不上一个计划，因为细节几乎都还没想明白。我越是思考，越觉得这事有些疯狂。首先，它实在太过于诱人，若能达成，许多难题都将迎刃而解。随后，我又想，我干吗不给比尔·罗斯也做一张纸牌出来。我突然很想同一名出色的律师谈上一谈。此事完结之后，兴许能有一个人来为我的案子辩护上几句。不过此刻，夜空未免也太黑了一点儿，没法画画……而且也没那个必要。实际上，我只是想和他谈谈，听听局外人的看法。

接下来的一小时内，弗拉吉亚都没再示警。山路随即缓缓地向下延伸了出去，随后，道路两旁的林子渐渐茂密起来，松针的味道也浓重了许多。我接着思考，思考那个撒花的巫师，思考鬼轮和他的问题以及那个最近刚刚占据了薇塔身体的神秘存在。此外，还有许多其他思绪，有的回溯到了很久、很久以前……

多次歇息过后，一丝月光，终于从身后的枝叶间透了下来。我决定今天就到此为止，先找一个地方睡上一觉再说。我将烟灰骢牵到旁边的溪水旁，让他痛痛快快地喝了一气。约莫一刻钟过后，我在右侧瞥见了一个看起来不错的宿营地点，于是离开道路，朝着那边而去。

事实证明，那地方并不如预料中那么完美。于是，我又往树林中走了走，最后来到一小块似乎更加相宜的空地上。下了马背，我将鞍架从烟灰骢的背上卸下来，给他拴上缰绳，用毯子给他擦过全身，又喂了他一些吃的。随即，我用剑在地面上扫出了一片小小的区域，在正中间挖了一个坑，生起火。由于我实在太懒，火是用魔法点燃的。不过，想到之前的念头，我又在其中加了几捧落叶。

我坐在斗篷上，背靠着一棵中等粗细的大树，吃了一块奶酪三明治，又啜了几口酒，之后就越发想把靴子甩掉。长剑就放在身旁的地面上，身上的肌肉也松弛下来。篝火当中，散发着一种叫作乡愁的味道。我把第二块三明治，放到上面烤了烤。

我久久地坐在那儿，什么也没想。渐渐地，一阵淡淡的困乏不经意间袭了上来，渐渐涌遍四肢百骸。我原本是打算睡觉前先去拾些柴火回来的，但也并不是非去不可，其实也没那么冷。之所以点这堆火，不过是让它同我做个伴而已。

不过……我还是拖着沉重的步伐，进了树林。既然开始动了起来，我便顺便将这个区域，巡查了一遍。不过说真的，我不过是想站起身来放松一下而已。还没巡查完一圈，我就停下了脚步。东北方向，似乎有火光闪了一闪。另外一堆篝火？水泊上的月光？火把？不过，那火光一闪即逝，尽管我又折回到先前来时的路上，甚至还朝着那个方向走了几步，但始终没能再次锁定它的位置。

不过，我可不想把一个大好的夜晚都耗在丛林当中，去寻找那点鬼火。我又换了几个角度，观察了一下我的营地。即便是从这个距离看过去，我的篝火也并不算显眼。我绕回营地，再次躺下来。火势已渐渐弱了下去，我决定任由它自生自灭。随后，我裹紧斗篷，开始听起了轻柔的风声。

很快，我便睡了过去。究竟睡了多久，我并不清楚，但我知道没有梦境可供回忆。

是弗拉吉亚的疯狂跳动，将我唤醒了过来。我将双眼微微睁开一条缝，不动声色地四下里看了看，右手悄悄地搭在了剑柄之上，依然保持着缓缓的呼吸节奏。风声已起，拂过火堆，让火苗再次明亮了起来。不过，眼前并不见人影。我凝神细听，任何动静都没放过，但唯一听到的，便是沙沙的风声，以及火苗的噼啪作响声。

在尚未弄清危险究竟来自何方以及对方意欲何为之前，便贸然起身摆出防御的架势，似乎并不明智。另外，先前我已有意识地将斗篷抛在一边，因此背后便只剩下一棵粗大、枝丫低垂的松树。若有人想从背后偷袭，绝非易事，更别说神不知鬼不觉地靠上来了。因此，那个方位当可无虞。

我轻轻转了一下头，看了看烟灰骢，只见他已有些不安。弗拉吉亚的示警，此时已有些让人心烦，于是我展开意念，让她安静了下来。

烟灰骢已经竖起了双耳，张大鼻孔，开始晃动起脑袋。我仔细看了看，发现他似乎正在看着我右手边方向。随后，他开始朝着营地对面退过去，长长的缰绳，犹如一条蛇一般，拖在他身后。

随即，在烟灰骢的撤退声中，我听到了一丝响动，像是什么东西，正从右边而来。随后，那响声停歇了一会儿，接着再次响起。并非脚步落地的声响，而像是身体穿过枝叶所发出来的响声。这倒是让我突然间松了一口气。

我紧盯着那边的林木，决定等潜伏其后的东西多靠近一些之后再动手。原本想要召唤洛格鲁斯出来，准备魔法攻击的，但我又暗暗将这个想法压了下去。剩下的时间已经不多了，而那样是浪费时间。此外，从烟灰骢的行为以及我所听到的声响来看，过来的似乎只有一个人。不过，我还是暗暗决定，一有机会，便略微释放出一些我先前为了对付那名幽灵保镖所备下的咒语。那样一来，便可做到攻守兼备。不过，唯一的麻烦是，若想将其中某些特定能量释放出来，攻向某个特定的目标，非得经过几天的单独演练，方才能够做到得心应手。而且大约一周过后，力量才会开始衰减。有时，它们坚持的时间能够稍长一些，有时则会更短，这取决于你在其中灌注了多少力量，以及施展时的那个影子当中的魔法条件如何。除非你知道何时能够用上，否则的确不好掌握。换句话说，一名出色的魔法师，应该随时准备好攻击、防御以及逃遁三种魔法。可我显然是一个懒到家的魔法师，懒散简直就是我的墓志铭。更何况，我觉得现在还没那个必要。而且，眼下也没时间去准备那些玩意儿了。

因此，现在不管我如何使用洛格鲁斯，无论是召唤它还是将自己置身其中，都会在我原先所设下的那些尚不熟练的咒语的催动下，产生惊人的破坏力，令施法者大伤元气。

且让他再靠近一点点再说，就这样吧，迎接他的，将会是一把冰冷的铁器和一条能勒死人的绳子。

我已经能够感觉到那东西慢慢靠了过来，听到松针的轻响。再上前几步，我的敌人……来吧。这就是我唯一需要的。进入我的攻击范围……

他停了下来。一阵轻微而又稳定的呼吸声传了过来。

"你想必已经感觉到我的存在了，魔法师，"只听得一个低沉的声音轻声说道，"因为我们都有自己的小手段，而且我知道你的底细。"

"你是谁？"我一边问，一边一把抓起剑柄，一滚，变成蹲姿，直面着那片黑暗，剑尖画出了一个小圈。

　　"我是你的敌人，"对方回答道，"一个你做梦也想不到的敌人。"

第九章

能量。

我还记得那天，我站在一块高高的岩石上，菲奥娜穿一袭淡紫，扎一条银带，站在我前面一处较高的地方，位置略微偏右。她右手执一面银镜，透过迷蒙的雾霾，俯瞰着下方的一棵参天大树。四下里一片死寂，就连我们的呼吸声，也变得似有若无了起来。那树的上半部分早已隐藏在了一带低垂的薄雾之中，后面又是一带云霞，同上面的云霞丝丝缠绕，在细碎天光的映照之下，那树愈发显得突兀了起来。一条似乎正在暗自发光的线条，刻进了那树下的地面，蜿蜒着消失在迷雾之中。左侧，一条同样耀眼生花的弧线，在那面翻滚荡漾的白色雾墙上现出身来，一番曲折回环之后，再次回到了雾墙之上。

"那是什么，菲奥娜？"我问，"你为什么要带我来这种地方？"

"你听说过这地方，"她回答道，"我想带你过来看看。"

我摇了摇头："我从来没听说过这个地方，也看不出所以然来。"

"来吧。"她说着，开始朝着下方而去。

她没理会我的手，自顾自地行动了起来，动作敏捷而又优雅。我们下了岩石，朝着那棵树走去。那树似乎有一种似曾相识的感觉，但我一时想不起来了。

"这是你父亲干的，"她终于说道，"他花了那么长时间给你讲他自己的事情，自然不会放过这部分。"

我心里一动，停下了脚步，恍然大悟。

"那棵树。"我说。

"科温着手创建这个新试炼阵时，把自己的手杖栽在了这儿，"她说，"它活了，生了根。"

地面上似乎隐隐传来一阵震颤。

菲奥娜转身背对着那副景象，举起了她带来的那面镜子，调整了一下角度，扭过头去观察起身后的场景。

"好了。"片刻过后，她说道。随即，她将那镜子递给了我。"看看，"她告诉我，"就像我刚才那样。"

我接过镜子，举起，调整了一下角度，盯着它看了起来。

镜中的景象，同肉眼看时已完全不一样。此时，我已能够透过那片迷雾看到大树后面。只见那奇怪的试炼阵，已是清晰可见，各种亮晶晶的线条，在地面上蜿蜒盘绕，朝着中心点而去。正中心处，依然有迷雾封锁，在镜子的照耀下，竟然纹丝不动，只有细碎的火花，犹如星辰一般，不时闪耀一下。

"看起来和安珀的试炼阵完全不像。"我说。

"对，"她答道，"和洛格鲁斯有没有相似的地方？"

"不太像。洛格鲁斯会自行变幻，循环往复。还有，它更加棱角分明，而这儿，绝大部分都是圆角和曲线。"

我又看了看，将镜子还给了她。

"镜子上的咒语很有意思。"我评价道。拿着那镜子时，我顺便也研究了一下这个。

"而且远比你想象的要难得多，"她回答道，"因为这地方还不止有迷雾。看着。"

她走到那棵大树旁边的试炼阵入口处，抬起脚，像是要踏进去。不过，只见电光一闪，一束细碎的火花，立刻袭向了她的脚底。她赶忙把那只脚缩了回来。

"它排斥我，"她说，"我根本就踏不进去。试试。"

她目光中的一些东西，我并不喜欢，但我还是上前几步，走到了她刚才所站的地方。

"你的镜子为什么照不穿这东西的中心？"我突然问道。

"越是往里，阻力越大。正中心是最大的，"她回答道，"不过至于是为什么，我也不知道了。"

我犹豫了一会儿："除了你，还有人被它排斥过吗？"

"我带布雷斯来过这儿，"她说，"它也把他挡在了外面。"

"除了他没别人了吗？"

"没了，我带兰登来过，但他不愿意尝试。说他不介意有这样一个东西在附近。"

"兴许，是出于谨慎。那个时候，他带'仲裁石'了吗？"

"没有。为什么问这个？"

"好奇而已。"

"看看你会怎样。"

"没问题。"

我抬起右脚，缓缓地朝着那条线落了下去。距离大约一英尺时，我停了下来。

"似乎有什么东西把我弹回来了。"我说。

"奇怪。没有火花。"

"小运气而已，"我一边回答，一边又把脚往下落了一两英寸，最后叹了一口气，"不行，菲，我真的不行。"

我看到了她脸上失望的神色。

"我原本希望，"我退回来时，她说道，"如果除了科温还有人能进去的话，那除了他儿子，还能有谁呢？"

"为什么非得要进这里边去？就因为它在这儿？"

"我觉得它是一个隐患，"她说，"必须把它搞明白，并且处理掉。"

"隐患？为什么？"

"就我们理解，安珀和混沌是同一种存在的两个极点，"她说，"一方有试炼阵，一方有洛格鲁斯。千百年来，它们之间有着一种微妙的平衡。而现在，我相信你父亲弄出来的这个该死的试炼阵，正在渐渐破坏这种平衡。"

"比如？"

"在安珀和混沌之间，通常都有着波状的交流。这东西，像是在中间横插了一杠。"

"听起来像是在酒杯中又投进去了一块冰，"我说，"过段时间，应该就会平静下来的。"

她摇了摇头："不会平静的。自从这玩意儿被弄出来以后，影子风暴似乎便多了起来。它们撕裂了影子这张大网，影响到了现实本身。"

"太糟了，"我说，"围着这些线条，同时还发生过一件更为要紧的事情。安珀的原创试炼阵被毁之后，被奥伯龙修复了。混沌波席卷了所有的影子，摧枯拉朽，但试炼阵抵挡住了，一切这才安宁下来。我更倾向于那些多出来的影子风暴，更像是余震。"

"这倒是一个不错的争辩，"她说，"可万一错了呢？"

"我觉得应该不会。"

"默尔，这里边隐藏着某种能量，一股相当巨大的力量。"

"这一点我毫不怀疑。"

"咱们总会对各种能量留一份心，并试着去了解，去加以控制。因为有一天，这东西有可能会成为一种威胁。这东西到底代表着什么？究竟该如何处理？关于这些，科温有没有告诉过你什么？哪怕是只言片语也好。"

"没有，"我说，"他只说这东西是他仓促间做了来替代老试炼阵的，因为他当时觉得，奥伯龙兴许修复不了老试炼阵。"

"要是咱们可以找到他就好了。"

"还是没音信吗？"

"卓帕曾在桑兹酒吧——就在你们父子都钟情的那个地球影子上——见过他一次。他说他当时正和一个妖艳的女人在一起，正在喝酒，听乐队演奏。他隔着人群朝他们挥了挥手，而且他觉得科温也看到他了。可等他走到他们的桌子那儿时，他们已经不见了。"

"就这些？"

"就这些。"

"这说明不了什么问题。"

"我知道。不过，如果只有他能够走这破玩意儿，而且如果它确实是一个隐患的话，那咱们总有一天会有大麻烦的。"

"我觉得你这是杞人忧天，姑姑。"

"但愿如此吧，默尔。来吧，我带你回家。"

我再次看了看那个地方，看的不光是它的细节，还有它传递出来的感觉，这样一来，我便能将它在主牌上画出来了。我从来没告诉过任何人，当我将脚放下去时，根本就没有任何阻力，因为原本在试炼阵或是洛格鲁斯当中，就不会出现反弹之力。你要么一直走到终点，要么被它摧毁。不过，虽然我痴迷于一切神秘之物，但我的假期已经结束，我得回学校去了。

能量。

幽暗区域，影子同混沌之间的贸易地带。麒德，一种身短、长角、通体黝黑、生性凶残的食肉动物，就在这幽暗区域的一片林子之中，我们俩正在狩猎麒德。其实，我并不喜欢打猎，若非万不得已，我讨厌杀生。不过，这是朱特的提议，而且在我离开前，这兴许已是兄弟之间最后的和解机会了。于是，我接受了他的邀请。不过，我们两人的箭术都不好，而且麒德的速度又实在太快，因此，不出意外的话，我们俩都不会造下任何杀孽，而且还能借这机会聊聊天，最后变成一对好兄弟，高高兴兴地回家。

有一次，在失去了猎物的踪迹之后，我们坐了下来，谈了好一会儿的箭术、宫廷政治、影子，以及天气。最近他对我文明了许多，我将这当成一个好兆头。他留起了长发，遮住丢失的左耳。耳朵是很难再长出来的。我们既没谈论那场决斗，也没提及由它所引发的一系列争吵。兴许，这是因为我很快就会滚出他的生活，兴许，他这是想用一个相对友好的方式，翻过这一篇章，也好给我们俩都留一点儿念想。不过，我只猜对了一半。

后来，当我们停止追踪，开始吃午饭时，他问我："嗯，那个感觉怎么样？"

"什么？"我问。

"能量，"他回答，"洛格鲁斯的能量。在影子当中行走，拥有通天彻地的能量。"

我确实不想多说，因为知道他曾先后三次想要通过洛格鲁斯测试，但都是最后看了一眼后就放弃了。兴许，是宿慧放在那附近的累累白骨，那些行走洛格鲁斯失败的人的遗骸，吓着他了。我觉得朱特应该以为我不知道他最后那两次光荣事迹。于是，我决定尽量轻描淡写一些。

"哦，其实也没什么不一样的感觉，"我说，"除非你真正去用它。不过，即便用了，那种感觉也很难描述出来。"

"我想尽快再试一次，"他说，"能够在影子当中看到东西的感觉应该不错，而且，我兴许还能在某个地方找到一个属于自己的王国呢。有什么好建议吗？"

我点了点头。"别回头，"我说，"别犹豫，勇往直前。"

他笑了起来。"听起来像是说给军人听的。"他说。

"我觉得还真有点儿像。"

他再次笑了起来。"咱们还是去杀一头麒德吧。"他说。

那天下午，我们又在一片厚厚的落叶当中失去了麒德的踪迹。原本我听到它从那个地方窸窣而过，但却看不出它究竟去了何方。正当我背对着朱特，细细寻觅踪迹时，弗拉吉亚突然一紧，随即在我手腕上松开来，掉到了地上。

我弯下腰去，一边想着这究竟是怎么回事，一边想要把她给收回来。就在这时，只听得头顶上方传来嗖的一声响。我抬头瞥了一眼，只见一支箭，赫然钉到了我前方的树干之上。从那箭离地的高度上判断，若不是我弯下了腰，想必已经插进了我的后背。

我连腰都没来得及直起来，便旋风般地转向了朱特那边。他正将另外一支箭，搭上弓弦。

"别回头，别犹豫，勇往直前。"他狞笑着说道。

我朝着他扑了过去。他抬起了弓。若是换一名箭术稍好的弓箭手，我当天肯定已经死在了那儿，我猜。见我撞了过去，他心里一慌，撒手放箭的时机稍早了一些。那箭射穿了我身侧的皮背心，但我并没有感觉到疼痛。

我一把抱住了他膝盖上方，他撒开弓，向后倒了下去，同时拔出猎刀，向着旁边一滚，挥刀割向我的喉咙。我伸出左手，一把抓住了他的手腕，被他那巨大的冲击力带向了身后。我右拳直出，击向他的面门，同时左手死抓着他执刀的手，向外推去。他封住了我那一拳，抬起膝盖，顶中了我的下阴。

一阵剧痛袭来，我的气力一泄，他的刀立刻指向了我的喉咙，距离皮肉不过数寸之遥。我忍着痛，抬起大腿，挡住了他再次攻向我裆部的一击，同时右臂一振，从他手腕下缠了上去。忙乱中，他手中的刀，在我手上划出了一道口子。我右手一推，左手一带，顺势滚向了左侧。由于手上原本就抓得不牢，这样一来，他的胳膊反而挣脱了出去。随即，他翻向一侧，试图站起身来。接着，我便听到了一声惨叫。

我跪起身来，看到他左侧身体着地，正躺在那儿，手中的刀，已经飞进了几英尺开外的一丛残枝当中。而他，正用双手捂着脸，呜呜的惨叫声，犹如野兽号叫一般。

我一边走上前去查看，一边暗暗将弗拉吉亚准备就绪。他若敢耍花招，立刻让他尝尝被弗拉吉亚锁喉的滋味。

可他并没有。等到走近后，我才发现，一条掉落的尖利断枝，不偏不倚，正插在他的右眼之上。鲜血已经顺着他的脸颊和鼻翼一侧流了下来。

"别再摇晃了！"我说，"只会伤得更重。我来帮你拔。"

"你那脏手离我远点儿！"他哭喊道。

随即，他咬紧牙关，扭曲着脸，用右手抓住了那根树枝，头猛地往后一仰。我不得不转开目光。片刻过后，他一声呜咽，倒在地上，失去了知觉。我扯下左袖，先从上面撕下一条，叠成衬垫，放到他那只眼睛之上，然后又撕下一条，将其包好。弗拉吉亚犹如往常一般，乖乖地回到了我的手腕上。

随即，我掏出回家的主牌，将他横抱在身前。妈妈肯定不会喜欢这事的。

能量。

周六，卢克和我玩了整整一上午的悬挂式滑翔机，随后又接了茱莉亚和盖尔，一起去吃午饭。吃完饭，我们带上"星暴"，去海上航行了一个下午，随即前往码头的酒吧吃烤肉，趁着等牛排的工夫，我买了啤酒，付了账。先前我们掰手腕决定由谁买酒时，卢克将我的左臂硬生生地摁翻在了桌面上。

邻桌一人说道："如果我有一百万美元，还免税的话，那我……"茱莉亚一听此话，不由得笑了起来。

"什么事这么好笑？"我问她。

"他的梦想，"她说，"要是我，就要一个装满了大牌设计师设计的服装的衣橱，还得配上高雅的首饰，将这个衣橱放在一栋好得不得了的房子中，再把这栋房子放到一个能让我很有身份的地方……"

卢克笑了起来。"我闻到了金钱转化为权力的味道。"他说。

"也许吧，"她说，"不过话又说回来了，这二者有区别么？"

"钱可以用来买东西，"卢克说，"而权力则能让那些东西生产出来。如果真有选择，那就选权力。"

盖尔那标志性的浅笑淡了下去，换上了一副严肃的表情。

"我觉得权力得有一个界限才行，"她说，"拥有它的人，也不能胡作非为，只能将它用在某些特定用途之上。"

茱莉亚笑了起来。"拥有权力怎么了？"她问，"我倒是觉得挺好玩的。"

"等你撞见了更大的掌权者时，你就知道了。"卢克说。

"那你就得有点儿志气才行了。"茱莉亚答。

"那是不对的，"盖尔说，"每个人都有自己的责任，而且得把它放在首位才行。"

卢克将目光转向了她，点了点头。

"出淤泥而不染。"茱莉亚。

"不，你做不到。"卢克回答道。

"我不同意。"她说。

卢克耸了耸肩。

"她说的对，"盖尔突然说道，"我觉得责任和美德，不能混为一谈。"

"哦，如果你有了某项义务，"卢克说，"一件你百分百需要去做的事情，比如关乎荣誉什么的，那它就会变成你的品德了。"

茱莉亚看了一眼卢克，又看了看盖尔。

"这是不是说，我们已经就某些方面说到一起去了？"她问。

"没有，"卢克说，"我看不见得。"

盖尔喝了一口酒："你说的是个人道德准则，没必要非得和传统美德扯在一起。"

"对。"卢克说。

"那就算不上是真正的美德。你们说的只是义务。"她说。

"义务也对，"卢克答道，"可它也是美德。"

"美德是文明的价值所在。"她说。

"世上根本就没有文明这种东西，"卢克答道，"这个词指的不过是生活在城市之中的艺术而已。"

"那好吧。文化价值。"她说。

"文化价值是相对的，"卢克笑着说道，"还是我说得对。"

"你这些观点都是从哪儿来的？"盖尔平静地注视着他，问道。

"咱们纯粹点，单从哲学的角度来探讨，好不好？"他说。

"那咱们干脆把这个主题完全抛开得了，"盖尔说，"忠于自己的责任就行。"

"那权力放哪儿？"茱莉亚问。

"还在里边啊，藏在某个地方。"我说。

盖尔似乎突然间困惑了起来，就像是我们这样的讨论，并不是翻来覆去探讨了一千遍一样，就像是这种探讨，真能让人想明白什么东西一样。

"如果它们真是两码事，"她沉吟道，"那又是哪一个更重要？"

"它们不是，"卢克说，"它们原本就是一码事。"

"我不这么看，"茱莉亚告诉他，"只是义务更加清楚罢了，而且你这话说得就像是你可以自行选择自己的品德一样。所以，如果非得选一样，那我选择美德。"

"我喜欢一清二白的东西。"盖尔说。

卢克咕咚咕咚喝了几口啤酒，轻轻打了一个饱嗝。"去他娘的！"他说，"哲学课要周二才有呢，现在可是周末。下一轮谁来买，默尔？"

我将左肘放在桌面上，张开了手。

两只手握在了一起，两人间的气氛也紧张起来，他咬牙切齿地说道："我是对的，不是吗？"

"没错，你是对的。"将他的手臂一路压下去之时，我说道。

能量。

我打开走廊上的邮箱，将里边的信件都拿了出来，回到楼上我的公寓之中。当中有两份账单、几份宣传品和一封厚厚的东西，最关键的是，上面并没有回信地址。

我返身关上房门，将钥匙放进口袋，将我的手提箱放到了附近的一张椅子上。正当我朝着沙发走去时，厨房的电话响了。

将那些信扔到咖啡桌上，我转身朝厨房走去。不知是不是因为身后的爆炸的缘故，我意识清醒地向着前方一头扑了出去，头磕在了餐桌的桌腿上，登时有些晕了起来，不过好在并未受伤。爆炸所产生的破坏，仅限于隔壁房间。等到我爬起身时，电话铃声停了。

我知道有许多种处置垃圾信件的办法，但事后，我想了许久，也没想明白那个电话到底是谁打的。

有时，我偶尔也能想起这一系列"意外"当中的第一起，想起那辆直冲我而来的大卡车。在采取行动之前，我只瞥了那司机的脸一眼——呆滞，毫无表情，就像是死了，被人催眠了，吸了毒或是躯壳已被人给控制了一般。这几种情况当中，必有一种，兴许还不止一种。

然后便是那晚的夜袭，他们一言不发便攻击了我。等到解决之后，我离开时，无意间回头瞥了一眼，似乎看见一个黑影，从街上闪进了门洞之中。聪明而谨慎的家伙，联想到刚刚发生的事情，我不得不这么说。不过，当然了，也有可能是和这次袭击有关的人。我有些拿不定主意。那人离得太远，应该看不清我的脸。如果我回头去找他，最后证明只是一个无辜的看客，那便会多一个能够将我认出来的目击证人。虽然这是一目了然的正当防卫，但麻烦想必也是少不了的。于是我说了一声见鬼，便抽身走开了。又是一个有趣的4月30日。

还有那天的枪手事件。我正匆匆走在街上，对方发了两枪。我还没反应过来，那枪便打偏了，只打在我左侧建筑的墙上，砖屑纷飞。并没有第三枪，但从街对面的房子里，却传来噗的一声响，还伴随什么东西摔碎的声音。三楼的一扇窗子，敞开着。

我赶忙奔了过去。那是一栋老式公寓，前门锁着，但又怎能拦得住我？我找到楼梯的位置，冲了上去。估摸着来到那间房间外面时，我用老办法试了试那门，居然开了，并未上锁。

我闪到一边，将门推开，发现屋内空空如也，并没有一件家具，也没有人住的痕迹。会不会是我搞错了？随即，我看到正对街面的那扇窗子依然敞开着，而且还在地板上看到了一样东西。我走进去，返身关上了门。

一把被摔碎了的步枪，被扔在了一个角落。从枪托上的印记来看，我猜应该是被大力摔到了附近的取暖器上之后，才被弹到这边的。随后，我在地板上又看到一些东西，红色，湿乎乎的。并不多，只有几滴。

我飞快地将那个地方搜索了一遍，很小，唯一的一间卧室当中，开着一扇窗子。我走了进去。外面有一条消防管道，应该也是一条不错的退路。漆黑的钢管之上，又出现了几滴血，不过也就这些了。下面并没有人，左右两侧也是。

能量，被刺杀，被保护。

卢克，贾丝拉，盖尔。

始作俑者，会是谁？

我越想，越觉得煤气泄漏的那天早上，似乎也曾有过一个电话。会不会正是它，才让我警觉了起来？每次想到这些事情时，重点都会有所转移，换上一个不同的角度。根据卢克和那个假冒薇塔的说法，后来的几次袭击当中，我已没什么太大的危险，但似乎随便挑上一起，都能让我这条小命报销。我到底该去怪谁？凶手，还是那个不到千钧一发绝不出手的救世主。谁又是谁？我不由得又想起了父亲所说的那段离奇遭遇，简直就如同《去年在马里昂巴德》^①的翻版。但相比于我的这些遭遇来说，似乎反倒简单了许多。至少，在大多数时间里，他都知道究竟该如何处理。我会不会是继承了一个解不开的家族魔咒？

能量。

我想起了宿慧叔叔给我上的最后一课。在我学了洛格鲁斯之后，他又花了一些时间，教了我一些我先前没法学到的东西。有那么一段时间，我曾以为自己已经学会了所有可学的东西，掌握了一切必备的基础知识，可以出师了。再学，便不过是锦上添花罢了。于是，我开始准备地球影子之行。随后，一天早上，宿慧打发人前来找我。我还以为他是想和我道别，再给我一些友情建议呢。

他一头白发，微微佝偻着腰，偶尔也会杖不离手。今天，他手中便有这样一根拐杖。那一袭长袍，在我看来更像是工作服，而非送行时应有的装束。

"准备好来一次短途旅行了吗？"他问我。

---

① 影片名。在一座拥有巴洛克式建筑风格的城市里，戏剧演出正在进行，男人X与女人A相遇。男人告诉女人：一年前他们曾在这里相见，她曾许诺一年后在此重逢，并将与他一起出走。A起初不信，但是男人不停地出现在她面前，并且不断描述他们曾经在一起的种种细节。于是，A开始怀疑自己的记忆了，她开始相信，X说的那些事或许真的在去年发生过。

"实际上，并不算短，"我说，"不过我差不多已经准备好了。"

"不，"他说，"我说的不是这个。"

"哦，您的意思是想带我去一个地方？"

"来吧。"他说。

我紧跟着他。身前的阴影向两旁分散开去，我穿过了越来越浓重的苍凉，来到了一片未曾有过生命的不毛之地。幽暗而又毫无生气的岩石，散落在四处，在恹恹的日光下，是那么的僵硬。四下里一片清冷荒芜，等我们终于停下脚步时，我不由得打了一个寒战。

我等着，想看看他葫芦里到底卖的什么药。不过，他却过了许久才开的口。他似乎忘记了我的存在，只是失神地注视着眼前的荒凉。

"我已经教给了你影子的底细，"他终于开了口，慢悠悠地说道，"以及各种咒语的原理和它们的使用方法。"

我什么也没说，他这话，似乎并没要求我回答。

"所以，对于能量，你已经了解了一些，"他继续说道，"你已能从混沌之兆，从洛格鲁斯当中将其导出，再注入到其他许多方面。"

他看了我一眼，我点了点头。

"我知道，但凡身上带有试炼阵或秩序之兆的人，不管像与不像，都能照葫芦画瓢，将这些招数使出来，"他接着说道，"不过，因为我并未学过试炼阵，因此也说不太准。我怀疑没人能够同时拥有这两种力量。不过你还是应该知道，这世界上还有另外一种力量，同我们的完全对立。"

"我明白。"见他似乎确实期待着一个答案，我于是说道。

"不过你有得天独厚的优势，"他说，"这一点是那些安珀人所不具备的。看好了！"

他所说的"看"，并不是让我简简单单地用肉眼去看。此时，他已将手中的拐杖放在了一块岩石旁，双手平伸到了胸前。我必须将洛格鲁斯在身前展开，才能看清他究竟在做什么。于是，我召唤出自己的视觉，专心致志地看了起来。

此时，悬在他身前的那幅画面，似乎成了我视觉的延伸，正在不停地绵展、扭动着。我看到——同时也感受到——他将双手合在一起，顿时便有两束颤巍巍的光，从掌心发出，直奔山脚下的一块岩石而去。

"现在你自己也套上洛格鲁斯，"他说，"顺势而为。仔细看我是怎么做的。切记，无论什么时候，都别打扰我。"

"我明白。"我说。

我将双手伸进那片幻想之中，微微调整了一下，慢慢同它合一为一。

"好，"见我已就位，他说，"现在你唯一需要做的便是观察，从各个平面仔细观察。"

洛格鲁斯的画面在我面前渐渐变暗，沸腾了起来，漆黑如墨。一种被撕裂的感觉霎时涌遍全身，一股巨大的力量，像是要将我撕碎，让我陷入神智错乱的万劫不复之地一般。我的身体，似乎已一分为二，其中一部分渴望着这种感觉，而另外一部分，则在无声地呐喊着，祈求这种感觉尽快消失。不过，宿慧依然在不慌不忙地施为，而他所有的动作，我全都一清二楚地看在了眼里。

那块岩石同那片沸腾的黑暗，交织在了一起，最后融入其中，不见了。既无爆炸，也没有挤压，我只感觉到一阵凄厉的冷风和一声极不协调的声响。随即，叔叔将两手慢慢地分了开来，那一团黝黑的线条也随之而动。先前摆放岩石的地方，此刻早已变成了一片混沌。那些线条便从其中流出，涌向两侧，形成了一条长长的黑色壕沟，而身处其间的我，则虚实莫辨。

随即，他定住身形，将它堵在了那儿。片刻过后，他才开口。

"我大可以把它释放出去，"他说，"任由它肆虐。或是选定一个目标，再行释放。"

见他并没说下去，我问："那会发生什么？会一直继续下去，把整个影子都毁了吗？"

"不会，"他回答道，"也有极限。伴随着它的蔓延，混沌秩序会建立起来。总会到达一个遏制点的。"

"那如果你就这样，继续召唤更多的出来呢？"

"那便能造成巨大的破坏。"

"那如果咱俩联手呢？"

"破坏力会更加惊人。不过我还没想过这事。现在以你为主，我为辅。"

于是，我接过洛格鲁斯之兆，将分散的线条，重新驱回其中，形成一个大圈，如同一条漆黑的壕沟，围绕在我们身旁。

"放。"他说。

我照做。

顿时，狂风大作，怪声不断，四面八方都有黑墙朝着我们压过来，根本就看不清墙外为何物。

"显然，极限还没到。"我评价道。

他轻笑了一声："没错。虽然你停了，但你已经超越了某个极限，所以无法收拾了。"

"哦，"我说，"那得多久，您所说的那个自然极限才能让它消停下来？"

"有时，得等它将我们现在站的这整片地方，都摧毁殆尽之后。"他说。

"那它从各个方向都会衰减下去吗？"

"对。"

"有趣。最大能到什么程度？"

"我会让你见识到的。不过咱们先得另找一个地方。这儿已经完了。抓着我的手。"

我依言而为，他将我带到另外一个影子当中。这一次，我召唤出混沌，而他则在一旁观察、指点。这次，我并未让它失去控制。

完成后，我站在那儿，两股颤颤，盯着我亲手弄出来的那个小火山口一样的深坑。他将一只手放到我的肩膀上，告诉我："正如你所知道的那样，从理论上来说，在你的咒语后面藏着惊世骇俗的能量，混沌本身。直接染指是非常危险的。不过，正如你所见，也并非不可能。现在你已经知道了，你可以出师了。"

我惊叹不已，刻骨铭心。太可怕了。绝大多数情形下，只要一想起它，我脑海中都会闪现出核爆的场面。我从未曾想过能有什么场合，可以将它派上用场，直到维克多·梅尔曼将我给彻底惹恼后。

能量，依然在以它那不同的形状、类型、大小和风格，令我悠然神往。尽管我怀疑自己这一生能否穷尽其奥妙，但这一辈子，绝大多数时间都在与其相伴，因此最是熟悉不过。

第十章

"时候差不多了。"且不管那阴影当中藏的是什么，我说道。

随之而来的并不是人声，而是一声低吠。我不知道自己撞上什么样的畜生了，但我清楚，攻击就在眼前。不过，它却没有行动。一声吠叫过后，它反而再次开了口。

"感受你的恐惧吧。"对方低声说道。

"自己感受去吧，"我说，"趁你现在还能。"

沉重的呼吸声传了过来，我背后的火苗跳动起来，青烟飘向了营地外面。

"我原本可以趁你睡觉时干掉你的。"它慢悠悠地说道。

"可惜你没有，太蠢了，"我说，"你会付出代价的。"

"我想看着你，梅林，"它说道，"我想看着你困惑，看着你恐惧，看着你痛苦，再看看你的血。"

"这么说，我可以把这事理解成私仇了？"

接着便是一连串的怪响，我颇花了一会儿才明白过来，原来是对方正试图用它那非人类的嗓子，发出咯咯怪笑之声。

"也可以这么说，魔法师，"它回答道，"只要你一召唤你的法力，你的意识便会产生波动。我就会知道，然后在你完成前将你撕成碎片。"

"你可真够好心的。"

"我只是想提前打消你这方面的念头。还有，你左腕上那玩意儿也起不了什么作用。"

"眼力不错。"

"在这方面，是的。"

"接下来，你兴许还想跟我探讨一下复仇的哲学基础吧？"

"我在等你沉不住气，在等你做出蠢事，好让我乐上一乐。我已经制住了你所有的法术，你只能和我肉搏，所以你死定了。"

"那你就继续等吧。"我说。

林子内传来一声响动，有东西靠了过来。不过，我依然看不出任何端倪。随即，我向左跨了一步，让火光照进那片暗影。终于，一个低矮而闪亮的东西现出了身来。一只凶光毕露的独眼，将火光映成了黄色。

我压低手中的剑，直指那只眼睛。去他娘的！但凡我遇见过的畜生，就没有不忌惮这一招的。

"受死吧！"我一声大喝，合身扑了上去。话不投机，我早已是跃跃欲试。

它身子一挺，立刻挟着雷霆万钧之力，朝我冲了过来，同时避开了我那一击。一头通体黝黑、身材健硕、双耳下垂的狼，就这样避开了我劈出去的一剑，直奔我咽喉而来。

我左前臂本能地一弹，塞进了它的利口之中，同时，横过剑柄，砰的一下击在它脑袋一侧，打得它咬住我小臂的利齿，略微松了松，而我自己也向后跌了出去。不过，它的嘴并没有完全松开，而是刺穿了我的衬衫，咬进了皮肉之中。尚未落地，我一个转身，同时一带，试图压在它上面。不过只是聊且一试，我知道这是不可能的。

左侧身体刚一着地，我一边继续奋力翻转，一边用剑柄在那畜生的头骨一侧，又补了一下。所谓否极泰来，就在这时，上天似乎眷顾起了我。我注意到我们所摔倒的位置，离我所挖的那个火坑并不远，而且，我俩正朝着那边翻滚而去。我撒开手中的武器，用右手锁住了它的喉咙。这家伙的肌肉异常结实，一时半会儿还没办法捏碎它的气管。不过，好在我原本也是醉翁之意不在酒。

我抬高手臂，重新插回到它的下颚下面，聚齐起浑身气力，死死将其勒住。同时，双脚一通乱蹬，终于找到了着力点，双腿同时用力一端，双臂猛地一推。我们和那火堆之间隔着的短短距离，霎时缩短了不少，已然能够将它那颗厉吼连连的狗头，给塞进火中去了。

有那么一会儿，除了我小臂的血珠，一颗颗滴进它嘴间，再滑出来外，似乎什么动静都没有。那畜生依然死死咬着我不放，痛彻心扉。

几秒钟过后，我的手臂被放了开来，那畜生头颈上的皮毛已经着了火，正拼命向后挣扎。随即，它挣脱出来，发出一声震耳欲聋的厉吼，将我撞到一边。我翻身跪起，抬起双手，但它并未再次向我扑来，而是越过我，直接冲进了对面的树林之中，逃向了来时的方向。

我抓起长剑追了上去。已经顾不上套上靴子了，只好略施手段，让脚底略微坚硬了一些，以适应森林中那杂乱无章的地面。那畜生依然还在视野当中，一颗脑袋，依然在闷烧着。不过，即便没有那火，我依然能够寻见它的踪迹。它口中的惨呼声，一直就没停过。不过奇怪的是，那声音听起来越来越像人类的惨叫，而不像是狼所特有的呜咽。此外，那畜生逃窜的速度，远没有我预料的那么快，而且也不如同类诡诈，这一点颇为怪异。我听着它一路冲过灌木丛，奔进了林子当中。偶尔，似乎还听到它发出几声类似人类咒骂的声响。于是，我这才得以一路轻松地追了上去，几分钟过后，甚至还逼近了它一些。

突然间，我明白过来，知道了这畜生究竟想要逃往何处。我又看到了先前曾注意到的那片亮光——伴随着我们的渐渐靠近，正在逐渐明亮起来，也变大了不少。只见它大致成方形，约莫八九英尺高，五英尺来宽。我不再亦步亦趋地去追那狼，而是直接奔向了那亮光。那儿指定就是它的目的地，我想要赶在它前头。

我一路狂奔，那狼就在我左前方。虽然它依然一路跑，一路惨呼不断，但毛发上的火焰已经熄灭。前方，那片亮光依然在逐渐增强，而且此时，我的目光已能透进其中——穿过它——第一次分辨出了它的一些模样。只见一片山坡上，立着一间低矮的石屋，前面是一条石头铺成的甬道，连着几级石阶，衬着那个方框，犹如一幅画一般，初时还有些模糊，但每朝那边靠近一步，便会清晰上一分。画中，正是一个多云的午后，整栋建筑，矗立在一片空地中央，此时，离我已不过是二十米左右的距离。

眼见那畜生此时已经没命似的奔进那片空地，我意识到已经迟了。看来，我是没法及时赶到那儿，把那东西给抢过来了。我知道，它肯定就在那附近。不过，我还是暗暗觉得，兴许还有机会抓住那畜生，断了它的退路。

不过，刚一来到那片空地当中，它便再次加速，而前方那片亮光，也空前明亮起来，盖过了周遭的一切。我大喝了几声，试图分散它的注意力，但没能得手。而且，我最后的冲刺，似乎也不够理想。随即，就在那石屋门槛旁的地面，我看到了自己正在寻找的东西。已经太迟了。我只能眼睁睁地看着那畜生，头一低，便从地上叼起一块扁平的方形物体，连脚步都不曾缓上半步。

我立刻刹住脚步，转过身来，一头扑了出去，同时撒开手中的剑，着地连续几个翻滚，滚了出去。

一阵无声的爆炸，从背后袭了过来，接着又是一次内爆，还伴随着一连串较小的震荡波。我趴在地上，将各种污秽下流的词都默念了一遍，一直等到烟消云散过后才起身，拾起了我的武器。

周围的夜色再次恢复了先前的平静，星河在天，松风在林。已没必要转身，因为我心里清楚，刚刚我正拼命赶过去的那个地方，此时早已不见，踪迹全无。没人知道，那儿曾有过那样一扇璀璨的门，可通向另外一个世界。

我花了一点儿时间走回营地，同烟灰骢说了不少话，这才让他平静下来，随后，我套上靴子，披好斗篷，又踢了一些泥土盖到火堆灰烬之上后，便牵上马，回到了路上。

翻身上马，我沿着路，继续朝着安珀方向走了一个小时，这才在一片如水的月光之中，找到了一处新的营地。

那天晚上接下来的时间里，一切风平浪静。渐次增强的曙光和松间的鸟鸣，将我唤醒过来。照顾完烟灰骢，我草草吃了一些包裹中的东西，打理了一下自己，半小时后便再次上路了。

那是一个清爽的早晨，左有积云，上有晴空。之所以决定一路骑马回安珀，而不是使用主牌，一来，是为了多认识一下安珀附近的这片区域；二来，也是为了能够获得一些空间，好单独想想事情。此时，贾丝拉成了阶下囚，而卢克伤重未愈，鬼轮一时也兴不起风浪，不管是针对安珀还是我，威胁似乎都暂时平息了下去，些许小手段，也都没什么可大惊小怪的。我觉得自己实际上几乎可以单独应付卢克和贾丝拉，只消再弄明白几个细节就行。而且，我也笃信自己能够应付阿鬼，毕竟，最近一次同他的谈话，似乎颇令人振奋。

那可是一件大事，个中疏漏且稍后再说。像沙鲁·加卢尔这样的巫师，简直就不值一提，也只有同其他事情搅和到一起的时候，才会让我有些头疼。等我有了空闲，同他来上一场决斗，应当不成问题。虽然不得不承认，关于他为何竟会对我如此感兴趣这事，我还有些摸不着头脑。

然后，便是曾经以薇塔面目出现的那个鬼魅一般的存在了。虽然我看不出这其中有任何真正的威胁，但确实是一个实实在在的迷，让我内心难安，而且似乎还同我的安全息息相关。这件事，也得等我的那点空闲最后到来之时，再一并处理。

还有就是卢克所开出来的价码，那条一旦贾丝拉被救，便即刻告诉我的关乎安珀存亡的信息，着实让我有些困惑。因为我相信他，因此也相信他不会食言。不过我却有一种预感，那就是若不等到事情发展到不可收拾的地步，他是不会告诉我的。不过，光臆想也没什么用处，我不可能提前知道都该防备些什么。莫非这交易本身，且不管它是否可靠，只不过是一场心理战吗？卢克这人，外表看起来虽然有些虚浮，但实际上却是一个最令人难以琢磨的人。这一点，我是颇费了一番工夫，才弄明白的，而且还不打算将之忘掉。

我觉得可以暂时放一放那些蓝色石头的事，尽快将它们在我身上留下的蛛丝马迹解决掉。这事应该没问题，不过是需要额外多上一份小心罢了，以防万一。此事，我在心里想了已不止一天了。

唯一剩下的一件大事，便是昨晚那头狼了。

很显然，它原本就不是什么寻常野兽，它的智商明显不容小觑。不过，至于它为何夤夜来访，背后又有着何种缘由，则不那么清楚了。它究竟是谁，或是什么东西？是首恶还是帮凶？还有就是，若是后者，谁派它来的？还有最后，最后，为什么？

不过，它的笨拙倒是提醒了我。因为我先前便曾亲自试过这种事情。它应该是一个变了身的人类，而非利用魔法，让其开了口的兽类。那些整日做着白日梦，想要变身成为猛兽，去撕裂别人的喉咙，将其尸解、撕碎甚或是吞下肚去的人们，兴许会觉得这种事情很好玩，而不去理会背后的实际情况。当你发现自己四脚着地，重心完全改变，还有各种稀奇古怪的感觉汹涌而至时，想要做到优雅，可不是一朝一夕之功。一个人自身的弱点，总比其外表要更加引人注目。而且，若非经过一生的淬炼，一个人是不可能达到真正野兽的高效和致命的，绝无可能。我一直更倾向于将它看成一种吓人的伎俩，而非其他。

如此一来，那畜生到来的方式，便成了整件事情当中，我最为忧虑的一点。这其中牵扯到了一扇主牌门，这种东西，若非万不得已，一个人是绝对不会轻易去碰的。或者是根本就不会去碰。那是一种闪光的方形物体，能够让主牌同某个遥远的地方相连接，然后再将成吨的能量，倾注到客体之上，好让这样一扇门，维持一段时间的独立存在。若想建造出这样一道门，哪怕是让它维持上一刻钟，也会极大地损伤施法者的功力和元气——即便是下一次十八层地狱，恐怕也比这事要好受得多。一旦被它吸干了你的绝大部分元气，那便需要很长一段时间，方能恢复得过来。可这样的事情，却活生生地在我眼前上演了一遍。不过，不管是其背后的原因，还是这件事本身，我都没什么可困惑的。因为，若想做出这样的事来，唯有正宗的主牌修习者才可以，不可能是那种初识纸牌的人能够做到的。

这便极大地缩小了范围。

我试着想了想那狼人此行的目的。首先，它得先锁定我的位置，然而……

当然，我突然间回想起了阿伯庄园附近林子中的那两条死狗以及地上那些硕大的似狗非狗的脚印。这么说，那畜生先前便已看到了我，然后便一直盯着，追到这儿。我昨天傍晚出发时，它跟踪而至，等到我宿营之后，这才开始行动。它搭建了——或是有人替它搭建了——那道主牌门，以便撤退时无人能够跟踪。然后，它便前来要我的命。不过，我却拿不准它究竟和沙鲁·加卢尔、卢克的秘密、那些蓝色石头以及那个精通变身术的神秘存在，是否有着联系。此刻，只能让它成为另外一个谜团悬在那儿，我且先把注意力，放到其他疑团上去。

一排四轮马车，正朝安珀而去。我赶上去，越过了它们。几名骑士朝着另外一个方向而去，虽然他们每个人都向我挥手打招呼，但我却一个人都不认识。左侧的云彩越积越厚，但却不像是在孕育暴风雨的样子。天清气爽，道路蜿蜒起伏，上坡路比下坡路要略微多一些。在一家生意繁忙的大客栈里，我停下来草草吃了一顿午饭，并未逗留。随后，道路便稳稳地通向了上方，没过多久，我便远远地瞥见了端坐在克威尔山巅之上的安珀，在正午的阳光下，熠熠生辉。

路上的车马渐渐多了起来，艳阳普照。我继续做着计划，纵情于思绪之中，并一直骑到了午后。上山的道路转了几道弯，越行越高，但安珀，依然不远不近。

晌午过后，我来到了东大门，一处上古防御工事当中的一部分。一路上，并没有相识之人。我径直爬上了东园，在巴利家族镇上的宅子前停了下来。这地方，先前参加聚会时，我曾来过一次。将烟灰骢留给了宅子后面马厩当中的一名马夫，他两个见到彼此，似乎都很亲热。随后，我绕到前门，敲了敲。一名仆人告诉我说男爵出门了，于是我将薇塔的口信告诉了他，他答应说等爵爷一回来，便立刻转告他。

此事一完，我便徒步朝着东园上面爬了上去。快到山顶，在到山麓的平坦地带之前，一阵食物的芳香，打消了我回王庭再吃饭的计划。我停下脚步，寻找起那阵芳香的源头，只见右侧的街道在前方不远处一分为二，拢成了一个大圈，当中围着一道喷泉——一条黄铜制成的飞龙，披着一身古色古香的铜绿，朝着一个粉红色的石盆撒尿。就在那龙的对面，有一家名叫"后槽"的地下室餐馆，外面围一圈铜栅栏，点缀着些花草，当中摆放着十张餐桌。路过那喷泉时，我看到清澈的池水当中，被人投了不少外国硬币，当中还有一枚美利坚合众国二百周年纪念币，两角五分。穿过栅栏区域，我走了进去，一路穿行。正打算下楼，突然听到有人叫我的名字。

"默尔！这边！"

我巡视了一圈，但四张已经有人的桌子上，没看到一个认识的人。我又看了看，才意识到右侧角落里的一张餐桌上，一个老人正在对着我笑。

"比尔！"我惊呼起来。

比尔·罗斯站了起来。这一远比任何正式礼节都要温暖人心的动作，真是久违了。此时，他已长出了灰白的小胡子和髭须，因此我开始时才没能把他认出来。除此之外，他还穿着一条棕色的长裤，两条银带，顺着外侧裤缝，一直通到了下面的一双高帮棕色靴子的靴筒之中，衬衫则为银色搭配棕色花边，还有一件叠好了的黑色披风，正躺在他右侧的椅子之上。椅背上面挂着一条阔大的玄色佩剑带，悬着一把未出鞘的大号短剑。

"你已经变成本地人了。而且，还减了肥。"

"没错，"他说，"而且我在想退休后到这儿养老呢。这地方不错。"

我们各自落座。

"你点了吗？"我问他。

"点了，不过我看服务员就在楼梯上，"他说，"我帮你把他叫过来。"

随后，他又给我点了一些。

"你的塔瑞语好多了。"我说道。

"可没少练。"他回答道。

"都做什么了？"

"和杰拉德去划过船，去了德加，还去了朱利安在亚拉丁的一个营地。去看了里巴玛，真是一个不错的地方。我还上了剑术课呢，卓帕还带我来镇上逛了逛。"

"差不多应该都是酒吧吧？"

"哦，也不完全是。实际上，这正是我出现在这儿的原因。他在'后槽'有一半股份，所以我只好答应他时常来这儿吃饭。不过，这地方还算不错。你什么时候回来的？"

"刚刚，"我说，"而且你又有好故事可以听了。"

"好。你的故事好像都很离奇，不大好消化，"他说，"不过正好适合这凉爽的秋季傍晚。说来听听。"

我一直讲到了晚餐结束，之后又花了好长一段时间。随后，伴随着一天的结束，寒气渐渐重了起来，于是我们朝着王庭而去。最后，在东翼一间稍小的屋子当中，就着滚烫的苹果汁和壁炉，我终于说完了我的故事。

比尔摇了摇头。"你可真够忙的，"他最后说道，"我有一个问题。"

"什么？"

"你为什么没把卢克带过来？"

"我已经告诉过你了。"

"那不大算得上一个理由。就因为说的那条对安珀很重要的似是而非的情报？他不都已经落到你手里了吗？"

"根本不是那样的。"

"他是一个推销员，默尔，而且他把一堆狗屎卖给了你。这就是我的想法。"

"你错了，比尔。我了解他。"

"时间还不算短，"他赞同道，"可你了解他多少？这事咱们之前已经探讨过了。在卢克身上，你所不了解的东西远比你了解的要多。"

"他原本可以去别处的，但他找了我。"

"你是他计划的一部分，默尔。他想通过你来算计安珀。"

"我不这么看，"我说，"那不是他的风格。"

"我觉得他会利用一切可以利用的东西，或是人。"

我耸了耸肩："我相信他，而你则不，如此而已。"

"我觉得是这样，"他说，"那你现在打算怎么办，等着看结果？"

"我制订了一个计划，"我说，"我相信他并不等于我就没有备案。不过我有一个问题要问你。"

"是什么？"

"如果我将他带回这儿，兰登觉得其中一些事实还不够清楚，想要召开一次庭训的话，你能代表卢克么？"

他瞪大了双眼，不过随即笑了。"什么样的庭训？"他问，"没想到这地方还会有这种安排呢。"

"作为奥伯龙之孙，"我解释道，"他会按照王庭律法行事。兰登现在是王庭的王，他有权决定是否将一件事忘却，提供一份简要的判决或是召集一次庭训。就我理解，这类庭训既可正式也可非正式，取决于兰登。图书馆里有关于这方面的书。不过一般情况下，每个人都有权决定由谁来代表自己。"

"我自然愿意接这个案子，"比尔说，"这种合理合法的事情，似乎并不常见。"

"可这事看起来似乎有一些利益冲突，"他补充道，"因为我毕竟为王庭工作过。"

我喝完手中的苹果汁，将杯子放在壁炉架上，打了一个哈欠。

"我得走了，比尔。"

他点了点头。"这都只是一种假设，对不对？"他问。

"当然，"我说，"兴许会变成关于我的庭训。晚安。"

他细细看着我。"唔，你刚刚所说的备案，"他说，"很有可能会有风险，对不对？"

我笑了。

"我想，没人能够帮得了你？"

"是这样。"

"哦，那祝你好运。"

"多谢。"

"明天见？"

"得晚点儿，兴许……"

我进了自己的房间，脱了衣服。在进行心里的那个计划前，我得好好休息一下。一夜无梦，不管是好梦还是噩梦。

醒来时，天依然没亮。生物钟依然管用，还不错。

此时，翻个身继续睡觉兴许会更加令人身心愉悦，但我已享受不起那份奢华了。接下来的一天，得分秒必争才行。于是，我起了床，洗漱完毕，换上了一套新衣服。

随后，我走到厨房，给自己沏了一杯茶，准备了吐司，胡乱抓了几个鸡蛋和一些辣椒、洋葱，外加一点儿胡椒，又拿了一些斯奈特勒斯产的梅尔克水果。这东西，我可有一段时间没吃了。

随后，我出了后门，进了花园。星月无光，四下里伸手不见五指，唯有几缕薄雾，在寻觅着路径。我循着一条小路，向东北方向走去。整个世界都安静了下来，鸦雀无声，我让自己的心绪也平静下来。今天的事情可急不来，得一件件去办，我决定抱定这个信念行事。

我一直往前走，出了花园，穿过篱笆间的一道缝隙，继续沿着崎岖的小道前行。那路先是往山上爬了几分钟，随即一个急转弯，蓦地陡峭起来。我在一个高处停下脚步，回望了一下来时的路，只见王庭露出了一个影影绰绰的身影，几扇窗子，依然亮着灯。几缕稀疏的卷云，高高地悬在天上，犹如天国中疏朗的星辰，而安珀，便忧郁地静卧在这片天国之下。看了一会儿，我便转过身去。前面，还有好长一段路要走。

来到坡顶，东方已依稀露出了一丝鱼肚白，就在我最近刚刚走过的那片森林外面。我匆匆跨过三级巨大的台阶，朝着北方走了下去。先时还好，过了一会儿，脚下的道路又陡峭了起来，转向了东北，随即便是一片缓坡。待得它再次转向东北时，又是一陡一缓两道斜坡。不过我知道，随后的路便会好走得多。身后的克威尔山峰封住了先前我见过的那道黎明微光，头顶和身前皆是夜色，将周围的一切全都溶了进去，只剩下最近的几个山头，还依稀可辨。不过，我大致知道此行的方向。虽然上次来时，颇为仓促，但好歹也算来过。

过了那片坡顶约莫两英里过后，离那地方已是不远，于是我放慢脚步，开始搜索起来。那片宽阔的马蹄形斜坡，终于映入了眼帘，我缓缓走了进去，一种奇怪的感觉油然而生。此番前来，我并不想牵出任何情感，但我知道，在某些地方，难免还会发生的。

我一走进，那两面犹如峡谷一般的石墙，就在道路两侧渐渐高耸起来。小路沿着一道山坡，缓缓而下，前方是两棵幽暗的树。过了那树，便是一个低矮的石头建筑，荒草疯长，灌木丛生。就我所知，先前为了这些植物，曾有化肥被运往这儿，但后来就渐渐被人遗忘了。

我在那石头建筑前的一条石凳上坐了下来，静待天亮。这便是我父亲的墓地。哦，不过是一个衣冠冢，是多年前王庭误以为他已命丧黄泉时所立。现在，当然了，它的地位，与当时自是不可同日而语。而父亲的死，说不定也已噩梦成真。它到底是封住了悠悠众口，还是让这事愈发可笑了起来？我不敢说。不过，它对我造成的困扰，却是我始料未及的。我来这儿，并非凭吊，而是想找一处清净地，好让我这样的魔法师，安心施法。我来这儿，是为了……

兴许，我这是在找借口。我之所以选择这个地方，是因为它不管是真还是假，上面都刻有科温之名，能够让我再次想起他的音容笑貌。我一直想多了解他一些，而这个，兴许是我最能亲近他的方式了。突然间，我明白自己为何竟如此相信卢克了。在阿伯庄园时，他说得没错。若是我听闻了科温的死讯，而且眼看着各种责备就要加诸其身，那我肯定也会放弃一切，不管不顾地开出账单，进行催讨，再将它销户，并用鲜血在上面写下"收讫"两个大字。纵然我并未如自己想象的那么了解他，但从他身上看出我的影子也是轻而易举的事，在这种情况下，若想公正地去评判他，确实是一件极不舒服的事。

他娘的。我们为何非得用讽刺笔法，摒弃欢笑和洞察，将彼此刻画进痛苦、沮丧以及自相矛盾的忠诚当中？

我站起身来。四下里的光线已足够明朗，足以任我行事。

我走进墓地，来到放置那空石椁的石龛前。看起来，这石椁似乎是一个理想的存放地点，异常安全。可我站在那儿，双手竟然颤抖起来。真是荒唐。我知道他不在里边，我知道那不过是一个雕刻过后的空盒子。可我还是花了几分钟时间，才将双手伸出，将那上面的盖子抬了起来……

自然是空空如也，一如那么多的梦魇和恐惧。我将那枚蓝色纽扣抛进去，放下了盖子。去他娘的，如果沙鲁真想把它弄回去，而且还找到了这儿，那也好让他知道，他玩这种把戏之时，正是距离坟墓最近之时。

我来到外面，将所有的情感都留在了那石龛当中。是时候开始了。我已准备好了诸般咒语，以备万全。因为我明白，若你真想前往一处风急雨骤之地，那就早早断了闲庭信步的念想。

第十一章

我站在花园当中一处地势较高的地方，欣赏着下面的秋色。秋风正同我的披风玩得不亦乐乎，一片醇厚的午后阳光，沐浴着整片宫殿。空气有些清冷。一捧落叶，犹如旅鼠一般从我身前掠过，匆匆越过下面的小径，窸窣着飞到了半空中。

　　不过，我可不是来这儿欣赏景色的。之所以会停在这儿，是因为我刚刚阻断了一次主牌连接。这已是今天以来的第二次了。第一次发生在早些时候，当时，我正忙着将一串犹如金箔一般的咒语挂到混沌之上。据我猜测，试图联系我的人，若非兰登——想必是因为我回安珀之后，还未向他汇报近况这件事而恼火了——便是卢克，兴许他已经痊愈，正打算寻我帮助，好开始针对锁钥的行动。他们俩之所以会同时浮现在脑海之中，是因为恰恰他们两人，是我最不想见的。而且，虽然各有各的理由，但我敢肯定，他们俩想必都不会喜欢我接下来要做的事情。

呼叫渐渐减弱，最后消失了。我下了小径，穿过篱笆，进了花园。我并不想浪费一条咒语来掩盖我的行踪，于是选择了左侧的一条小路。在它前面有不少林木，可以遮住我的身形，以免有人从窗内偶尔探头时，看破我的行踪。原本，我是可以使用主牌来避过的，但那张牌只会将我送往主厅，而我，又不知道何人会出现在那儿。

不过，我自然是要朝那个方向去的……

我照着先前出来时的路，原路返回，穿过厨房，顺便给自己做了一份三明治，倒了一杯牛奶。接着，我沿着后面楼梯，略显鬼祟地进了我的房间。神不知鬼不觉。一进屋，我便扣上了先前放在床头的佩剑带，检查了一下长剑，插上了一把我从混沌带过来的短剑，一并挂在了佩剑带另外一侧。这短剑是从皮特戴福尔·伯奎斯特那儿得来的礼物，一个我在一次赞助推介会上认识的人（一名普通诗人）。一张主牌也被我别在了左袖当中。随后，我洗了手和脸，刷了牙。接下来，便没有拖延的理由了。我得去做一件自己害怕的事情，它对我接下来的计划举足轻重。突然间，我好想念我的帆船，好想就那样无所事事地躺在沙滩上，可……

可我还是离开了卧室，回到楼下，沿着来时的路走了过去。沿着后面的走廊，我向西而行，一路上听着脚步声和其他声响，有一次还闪进了一个小房间当中，好让一伙不知名的人过去。此刻，决不能让任何人看破我的行踪。最后，我转向左侧，往前走了几步之后，再一次等待了几分钟时间，这才进了主通道，朝着大理石主餐厅走去。四下里不见一个人影，好。我冲向了最近的一个入口处，朝里瞥了一眼。太棒了，整个地方空空如也。这地方原本便不常用，虽然此刻还不到寻常用餐时刻，但我还是拿不准会不会碰巧有庆典什么的。

我走进餐厅，来到对面。后面是一条漆黑又狭窄的走廊，通常在通道口或是后面的门口那儿，都会有一名侍卫。虽然侍卫会有出入记录，但所有的家族成员，都有可能会经过这儿。不过，也只有等侍卫执勤完毕，进行汇报之后，他们的队长才会知悉此事。到那时，对我来说已经无所谓了。

托德，身材不高，但却健壮结实，留着胡须。见我过来，他赶忙举斧敬礼。那斧子，刚刚还靠在墙上。

"稍息。忙吗？"我问。

"说实话，不忙，先生。"

"我要下去，但愿这上边能有一些灯笼。那梯子，我也跟大家一样，不大熟。"

"我来执勤时检查过了，里边有不少，先生。我这就给您拿一盏出来。"

这样也好，可以帮我省却一道咒语，我暗暗思忖道，每一个细节，都有可能会有帮助……

"多谢。"

他打开门，托住，三只灯笼现了出来。他挑中了第二只，拿回外面，在走廊中部一支硕大的蜡烛上面点了起来。

"我得在下面待上一会儿，"我接过灯笼时说道，"等我完事后，你可能已经换岗了。"

"没问题，先生。小心脚下。"

"放心，我会的。"

长长的螺旋形楼梯，转了一圈又一圈，四下里几乎目不能视，唯有下方，有几支带了灯罩的蜡烛、火把或是灯笼，零星地悬在正中的立柱之上，反倒是让恐高症患者更加不寒而栗。身下，便只剩下了这些星星点点的灯火，丝毫看不清远处的地面或是墙壁。我将一只手搭在栏杆上，另外一只手将灯笼举在身前。湿气越来越重，还有霉味，寒冷就更别提了。

再一次，我试图数清脚下的梯级。不过，还是老样子，过了一会儿之后，便不知道数到哪儿了。等下次……

一圈，又一圈。往下，再往下。青天白日下的午夜思绪……

不过换句话说，我曾听弗萝拉说第二次时便会容易许多。她说的是试炼阵，希望她是对的。

安珀的大试炼阵，秩序之标，同王庭的大洛格鲁斯，混沌之兆，分庭抗礼。二者之间此消彼长，是万物之源。只要同二者之一扯上关系，一旦失去控制，那你就完了。唯有我，蒙上天眷顾，二者兼备。我没有任何可供参照的对象，来证明这样是否会让事情更加艰难，只是它确曾让我相信，其中一个一旦在你身上留下了标记，那换成另外一个时，便会难上许多，而且它们真能给你留下记号，两个都是。从某种角度来说，当你经历这种情形时，你的身体会被打散，然后再按着宏大宇宙的原则，重新进行组合。这事听起来是那么高尚、神气、不可思议、崇高和有趣，但实际上，却让你痛不欲生。这便是我们获得能量时所付出的代价，没有任何宇宙原则要求我必须说我很享受。

试炼阵和洛格鲁斯都能赋予各自的门徒以独自穿越影子的能力。所谓的影子，便是对无限的现实大千世界的统称。除此之外，它们还给了我们其他一些能力……

一路盘旋而下，我渐渐慢了下来。同上一次一样，那种微微的眩晕感又回来了。至少，以前还从未曾想过会故地重游……

当地面终于映入眼帘时，我再次加快了步伐。一条长凳，一张桌子，几排架子，数口箱子，一盏将它们一一照出的孤灯。通常情况下，此处应该有一名侍卫在值守，但我一个也没看到。不过，也有可能是去巡逻了。左边有一些囚室，用来关押那些倒霉的政治犯，任由他们在里边乱爬乱撞，最后渐渐患上失心疯。我不知道此刻还有没有这样的囚犯。但愿没有，父亲便曾是其中之一，从他所讲述的经历来看，这地方可不那么好熬。

踏上地板，我停下脚步，喊了两声。只听到怪诞的回声，没有回答。

我走到架子前，又拿了一只灯笼。多带上一只，以备不时之需，我很有可能会迷路。随后，我拐向了右边。我所期待的那条隧道，就在那个方向。许久过后，我停下脚步，举起了灯笼。按道理，我已走了不远了，但隧道口依然不见踪影。我望了望身后，岗亭还在。我一边搜索着上次来时的记忆，一边继续往前走去。

最后，我终于听到隐约的声响。我的脚步声突兀的回音。似乎有一面墙，一片障碍物，离我已是不远。我再次举起了灯笼。

没错。前方黑魆魆一片，周围是灰色的石头。我朝着那个方向走去。

黑暗，幽深。伴随着灯光滑过那些参差不齐的岩石，在石壁上投下斑驳的亮光，不断有影子闪现出来。随即，左手边出现了一条宽敞的通道。我走了过去，穿行其中。似乎很快便会出现另外一条。没错，两条……

第三条越发长了起来。随即是第四条。百无聊赖之下，我无端地想，这些隧道都会通向何方？光怪陆离的岩穴？惊世骇俗的美？另外一个世界？死胡同？储藏室？改天吧，兴许，等到有时间又有心情了……

第五条……

随后又是一条。

我想要的，正是第七条。来到它跟前，我停下了脚步。隧道并没有多长。我一边想着那些曾经来过这儿的人，一边迈开步伐，朝那扇厚重的包了铁皮的大门走去。右手边的石壁上，插着一支铁钩，上面挂着一把硕大的钥匙。我将它取下，开了那门上的锁，再将它挂回原处，我知道，等到侍卫巡查到这儿时，会把这门再次锁好的。不过，我倒是有些好奇——已不是第一次了——如果钥匙就挂在这儿的话，那为何还要锁这扇门？这反倒让人觉得里边会有怪物跑出来一样。我曾打听过这事，但似乎没人知道确切答案。老规矩，他们便是这么告诉我的。杰拉德和弗萝拉都不约而同地让我去问兰登或是菲奥娜，而他们俩又都觉得本尼迪克特兴许知道，可我不曾记得自己问过他。

我用力推了推，毫无动静。我放下两只灯笼，再次奋力试了试。只听得吱呀一声，那门缓缓地退向了里边。我拿起灯笼，走了进去。

那门在身后自动关上了，弗拉吉亚——混沌之女——猛地动了起来。我想起了上次来时的情形，明白了为何别人来这儿时，都没有如我这般，多带上一只灯笼。从试炼阵那漆黑而又光滑如镜的地面上所透出来的幽幽蓝光，已足以将整个岩穴照亮。

我点起了另外一只灯笼，将第一只放在了试炼阵末端，而将第二只带在了身上，打算将它放到另外一头，以备不测。试炼阵所散发出来的光线，原本已足够我行事，但我看重的不是这个。那东西诡异而又冰冷，令人望而生畏。手边多一点儿自然光，会让它的样子看起来没那么可怖。

我走到试炼阵开始的地方，细细研究起那些错综复杂而又雕刻繁复的线条。虽然心底里的恐惧不曾减轻一丝一毫，但我还是命令弗拉吉亚安静下来。如果这真是我体内的洛格鲁斯有了反应，而我此时又带上了试炼阵，若是强行进行压制，让其平静下来的话，会不会适得其反？徒劳无益的推测……

我试着放松下来，深呼吸，闭了一会儿眼，做了几个深蹲，沉下了双肩。再等，亦是徒劳……

我睁开双眼，将一只脚踏到试炼阵上。霎时，火花从脚边迸发出来。我又向前迈了一步，火花更烈，还伴随着一声轻微的爆响。又是一步，脚下已有了阻力……

一切都回来了。第一次来时的感觉，那份寒冷，那种震惊，以及那些容易与艰难。在我体内某处，似乎已存了一份试炼阵，从它上面，我恍然看到我过了第一道弯。阻力渐渐加强，火花四溅，头发倒竖，噼啪的爆响声不绝于耳，震颤连连……

我来到了第一层幕幛处，如同走在风道之中一般。每往前移动一寸，都得费上移山般的心力。需要的，不过是意志。一旦半途而废，结果将不可想象，而且在某些特定的地方，想要重新来过，简直比登天还难。稳住身形，持续发力，此刻，唯有这条路可走。只消再坚持片刻，我便能够过去。接下来便会轻松许多，而真正的杀机，在第二层幕嶂处……

转，再转……

我过来了。我知道，接下来会稍微轻松上片刻，于是，脚步便自信了许多。兴许弗萝拉说得没错，这部分似乎确实比第一次来时容易了些。一道长长的拐弯出现在眼前，随即又是一道"之"字形回环。火花已经溅上了脚背。那些不堪的4月30日，又涌回了脑海，还夹杂着王庭当中的明争暗斗，为了能够成功坐上那个宝座，人们巧取豪夺，尸骨累累，血流成河。不会再有了，那一切，同我都再也没有了关系，我早已放手。他们兴许做得更加道貌岸然一些，但那儿所流的血，远比安珀要多得多，而所为的，不过是一些蝇营狗苟……

我咬紧牙关。此时想要专心致志地应付眼前的凶险，已是万难。自然，这也是考验之一，我也并没有忘。再来一步……刺麻的感觉，已经一路爬上了双腿……四下里的噼啪声，已如狂风一般……一步步向前挪去……抬起，落下……头发早已倒竖了起来……转弯……用力……抢在秋日的好风之前，将"星暴"带到海上，卢克掌帆，海风犹如群龙齐吐一般，从身后吹来……又是三步，反弹之力陡增……

此时的我，正置身于第二层幕幛之上，局面突然间变得犹如在泥坑当中推着一辆汽车前行一般……我将所有的力量，都灌注到了身前，前方汹涌而来的反抗之力，绵延不绝。身体犹如被冻僵了一般，每一个动作都慢到了极点，火花已经蔓延到了腰部，将我笼罩在了蓝色的火焰当中……

心底里的专注在被不停地撕扯着。就连时间，似乎也已离我而去。只留下我这样一个没有过往而又没名没姓的存在，用尽所有的一切，对抗着经年累月的怠惰。整个世界，似乎都已平衡到了极点，而我迈出去的每一步，都有可能会被中途冻住，等一切风平浪静之后，给你留下一份完整的意志，将其涤荡一清，以昭示这样的历程，远非凡胎肉体所能抗争……

一步，又一步，我终于过去，犹如苍老了好几个年头。继续前行，虽然前方就是大回环，虽然它杀机四伏，长且神秘莫测，但我知道，我一定能够过去。同洛格鲁斯完全不一样，这地方的力量错综复杂而又虚无缥缈，令人难以捉摸……

整个宇宙似乎都在我身旁旋转了起来，每一步都让我觉得自己正在逐渐消解，又重新聚合，不断地被击得支离破碎，又不断地被拼合到一起，溃散、重聚，死死、生生……

向外，往前。三道回环过后，一条直线接踵而至。我继续向前推进，头昏脑涨、恶心反胃、汗流浃背。直线终于结束，一系列弧线随之而来。转，转，再转……

当那火花渐渐向上合拢成一个耀眼刺目的笼子，等到双脚再次犹如灌了铅一般时，我知道，那最后一层幕幛，就在眼前了。那令人窒息的沉寂和恐怖的推力……

只是这次，我心底已有了一些防备，我死命向前，笃信自己肯定能过这一关……

我终于做到了。前方已经只剩下一道孤零零的弧线。不过，这最后三步也有可能是鬼门关。它似乎已经将你了解了一个透，而这试炼阵，好像也不情愿放你。我苦苦支撑，脚踝处痛彻心扉，犹如一场长跑，已到了尽头。两步……三……

出来了。静静地站上一会儿，气喘如牛，体若筛糠。一切都安静了下来，静电、火花全都没有了。若是这也不能将那些蓝色石头的阴魂冲刷干净，那我就不知道究竟还有什么东西能够做到了。

现在——在一分钟之内——我想去哪儿便能去哪儿。就在此时，就在刚刚经过了洗礼的此刻，我有权要求试炼阵将我传送到任何地方。这样的机会，如若浪费，便是暴殄天物。要不，让它将我送回房去，免得再去爬那回旋楼梯？不。我志不在此，稍等……

我整了整衣衫，捋了捋头发，检查了一下武器和藏好的主牌，静候着我的脉搏平静下来。

卢克，是在四界锁钥当中同他的前密友兼同盟德尔塔打斗时，被那个亡命之徒——那个德萨克莱翠西的孽种——打伤的。德尔塔此时想必已倒向了那锁钥的主子，但他对我来说，除了有可能是一个小小障碍外，简直一文不值。虽然时间有所不同——这中间的差异兴许并没那么大——但在他同卢克生死相搏过后不久，我便见到了他。当时，我通过他的主牌联系他时，他似乎正在那锁钥之中。

好吧。

我细细想了起来，试图在脑海中重建当初见到德尔塔时的那个房间。记忆之中的画面非常简陋，试炼阵到底需要多少信息，才能管用？我回想起了石墙的质地，小窗的形状，墙上那块残破的挂毯，地板上的草垫以及他冲上前来时，身后所露出来的一条矮凳，还有就是他头顶上方石墙上的那条裂缝和一些蜘蛛网……

我尽可能地将它们拼凑成一幅清晰的画面，并将意念集中到那儿，我想去那个地方……

我出现在了那儿。

我手按剑柄，飞快地转过身去，但屋内除了我，空无一人。屋内有一张床、一个衣橱、一张小小的写字桌以及一口箱子，这些，全都未曾在我那幅简陋的画面当中出现过。天光，从那扇小窗当中，透了进来。

我走到那屋子的唯一一扇门前，站了一会儿，凝神细听。外面鸦雀无声。我将它打开一条缝，它开向左侧，一条长长的走廊露了出来，上面空无一人。我将那门再打开了一些，只见正对面有一架楼梯，通向下方，左边则是一面空空如也的墙。我走出去，关上了门。向下还是向右？走廊两侧都开着几扇窗户。我走到右侧离我最近的一扇窗前，看了出去。

只见下方是一个方形院落，我离院落一角不远，左右两侧皆有建筑，四面相接，唯有右上方有一个出口，似乎通向另外一个院子。再看那个院子，只见当中有一栋非常宏伟的建筑，鹤立鸡群一般矗立在周围的建筑当中。下方的院子当中，大约有十来个士兵，几乎每个出口都有，但不像是在执勤的样子，只是在空地上面忙活着擦拭、修理器械，其中两人身上还缠着厚厚的绷带。不过，大多数人似乎都还具备快速反应的能力。

在院子远处一侧，摆放着一个奇怪的残骸，看起来有点儿像是损毁了的风筝，却有几分眼熟。我决定沿着走廊向前，它和那院子平行，似乎能将我带到外围的那些建筑之上，能够让我好好观察一下隔壁院子当中的情形。

我一边留意着四下里的动静和声响，一边向前移去。一直走到拐角处，四下里依然一片死寂。我在那儿又等待了一会儿，再次细听。

什么动静都没有，我这才转了过去，但随即愣住了。坐在右侧窗台上的那个人也是。他身穿锁子甲，头戴皮帽，脚蹬长靴，裹着皮制绑腿，身旁还放着一把重剑，但手中却握着一把匕首，显然正在修指甲。他看起来很是吃惊，头猛地朝着我这边扭了过来。

"你是谁？"他问。

他双肩一紧，放下双手，似乎想要撑着窗台，站起身来。

我们两人可都真够尴尬的。他似乎是一名侍卫，但他只要一有动作，不管是明是暗，都绝逃不过我或弗拉吉亚的眼睛，他若是不动，我反而会有些进退维谷。我敢肯定，若是虚张声势，肯定吓唬不住他，而且我心里也有些没底。我并不想同他硬碰硬，因为那样会弄出许多声响。这下，我的选择余地便越发窄了起来。只消用上一个我原先就已准备的小小的诛心咒。我便能神不知鬼不觉地把他给干掉。可像我这么不愿意杀生的人，不到万不得已，是不会浪费那样一个咒语的。所以，虽然我讨厌仓促间动用别的咒语，但我还是念出了咒语，同时抬起一只手，伴随着一连串灵动的动作，我瞥见洛格鲁斯的能量，霎时涌遍了我的全身。那人闭上双眼，滑回到了墙根处。我调整了一下他的坐姿，仍由他在那儿手捧匕首，发出一连串匀称的鼾声。兴许一会儿之后，我的诛心咒还会有大用。

过道前方，是一条回廊，两端似乎都要宽敞得多。这样一来，两侧的事物便都逃不过我的眼睛，我知道，这下得把另外一个咒语也提前用上。我念出了隐身咒，整个世界似乎立刻黯淡了下来。我原本是想再坚持一段时间再启用它的，因为这咒语大约只能持续二十来分钟，而我，还不知道我那份大礼，究竟会在何时出现。不过，此刻情况危急，容不得有半点儿闪失。我径直向前闯了过去，进了那回廊，里边竟然空无一人。

不过，从此处看出去，四下里的地形倒是清楚了许多。隔壁庭院当中的情形，已能尽收眼底，看起来非常雄伟，当中矗立着我先前曾瞥见过的那栋巨大建筑。那是一栋宏伟坚固的堡垒，似乎只有一个入口，而且还有重兵把守。从回廊对面望过去，我看到外面还有一座院子，围着一圈高大的围墙，易守难攻。

我离开回廊，寻见了一处楼梯，几乎可以肯定，那用石头砌成的灰色笨重堡垒，我正在找的地方。它上面有着一股浓重的魔法气息，我即便是用脚后跟也能感觉得到。

我沿着回廊一路小跑，拐了一个弯，在一处阶梯上面发现了一名侍卫。我过去时，他若是感觉到了什么，那也只能是我的斗篷，所带起来的微风。我径直冲下了楼梯，下面是一个入口，连着左侧一条黑魆魆的走廊。前面的墙上，嵌着一扇包了铁皮的沉重木门，正对着内院。

我将门推开，进了门便立刻闪到了一边。一名侍卫已经转过身，盯着这边走了过来。我避过他，直奔堡垒而去。能量汇聚之地，卢克曾这样描述过它。没错，我越是靠近那个地方，便越能感觉到这股力量的强大。我已无暇考虑究竟该如何去处理它们，引导它们了。不过，我倒是带了自己的看家本领来。

快到那墙跟前时，我折向了左边。为了探清虚实，快速转上一圈还是有必要的。刚转了不到半圈，我便更加坚定了自己的判断。很显然，这地方确实只有一个入口。除此之外，三十英尺以下的地方，不见一扇窗户。整个地方围着一圈高高的铁栅栏，尖端锋利封闭，而栅栏里边，又是一圈深壕。不过，最令我吃惊的，却不是这些。只见墙根处，远远地又出现了两只巨大的风筝，损毁得都比较严重，除此之外，还有三只相对比较完整。不过，眼前较近的一只，倒是印证了我之前的推测。它们正是悬挂式滑翔机。我很想上前仔细看一眼，但时不我待，我的隐身术已不容我再浪费时间去绕上一段路了。我匆匆地绕完剩下的路程，开始研究起了那扇大门。

栅栏前的那扇门紧闭着，两侧还各站着一名侍卫。几步开外，有一座可移动的木桥，由铁条加固，横在那壕沟之上，桥柱上嵌着铁环，大门上方的峭壁之上建有绞盘，上面连着四条铁链，连着铁钩。我在想那桥到底有多沉。堡垒上的那扇门深嵌在石墙当中，约莫有三英尺深，不但高，而且还宽，包有铁甲，看起来就算是抵挡攻城槌也绰绰有余。

我来到栅栏前的那扇门前，仔细看了看。上面并没有锁，只有一种手工操作的门闩装置。我将其打开，跑了进去，那两名侍卫还没反应过来，我便已经冲到了那扇大门跟前。不过，考虑到当前的环境，也不排除他们具有抵御非自然攻击的手段。若真是这样，那他们即便没有看到我，只要反应够快，一样能将我围住。而且我有一种感觉，那扇厚重的大门里边，其实并没有上锁。

我沉思了几秒，将事先准备好的各种咒语梳理了一遍，同时再次查看了一下院子当中那六至八个人的具体位置。大家都离这边不近，而且也没人朝这边来……

我悄无声息地摸到那两名侍卫跟前，将弗拉吉亚放到了左边那人肩上，下达了速杀令。随即，又飞快地朝着右边走了三步，举起手掌，砍在了另外那名侍卫的脖子上，同时一把抱住了他的腋下，以防他倒地弄出声响。随即，我让他慢慢坐了下去，背靠着栅栏，位置略微偏向大门右侧。不过，此时身后却突然传出一声剑鞘撞击栅栏的声响。另外那名侍卫已双手捂着喉咙，倒在了地上。我赶忙跑了过去，一把扶着，将他放在地上。我解开了弗拉吉亚，同时飞快地扫了一眼前方，只见对面院子之中的另外两名侍卫，正看向这边。该死。

我抬起门闩，溜了进去，转身重新放下门闩。随即，我匆匆过了那桥，回头看了一眼，只见我先前注意到的那两个人，已经朝着这个方向走了过来。不过此时，另外一套方案已在我脑海之中成形。我决定试试那更具战略性的那个到底会有多难。

我扎下马步，抓住那桥右侧离我最近的一个桥柱。桥下的壕沟，似乎有十二英尺深，而宽度，更是这个数字的两倍。

我开始慢慢直起双腿，可真他娘的够沉的，但伴随着一阵嘎吱声响，我手中的桥柱已经升起了数寸。我略微停了停，喘了几口气，再次试了试。又是一连串的嘎吱声响，往上又是数寸。又是一次……桥柱边缘慢慢陷进了肉里，双掌已经疼了起来，双臂也慢慢犹如脱臼了一般。当我绷直双腿，再次奋力向上抬去时，不由得在想，多少人英年早逝，就因为这一骤然的一蹲一起啊。不过我想，这样的人你想必是没有听说过的。我能感觉到我的心脏像是要跳出来了一般。此时，桥柱离地已约莫有一英尺高，但左侧桥柱却依然挨着地面。我再次发力，额头上和腋下的汗珠，顿时犹如被魔法催动一般，哗啦啦流了下来。深吸一口气……起!

我迅速一蹲，随即直起，左侧桥柱终于离开了地面。此时，朝这边而来的那两人的声音，也传了过来。高昂而又兴奋，越来越近。我一点点挪到了左侧，手上拖着整座木桥。身前的那根桥柱，横着凸了出去。好。我继续移动。左手边那根桥柱，此时已离开壕沟两英尺左右。钻心的剧痛，沿着手臂爬上了双肩，又上了脖子。再远一点儿……

那两人此时已到了大门那儿，但又停了下来，去检查那两名倒下的侍卫。这样也不错。我还是不敢肯定，若是放手，这桥还能不能控制得住。它必须得滑进那壕沟之中，否则，我不但白白暴露了自己的位置，而且还一无所获。向左……

它开始在手中摇晃起来，歪向了右侧。我敢肯定，再过一会儿，它便能从我的手中滑落出去。再次向左，向左……差不多了……那两人已经将注意力从倒下的侍卫那儿，转移到了木桥之上，而且开始拨弄起门闩。又有两人从对面跑了过来，我听到了一连串的呼喝声。再坚持一步就行。桥现在真的开始滑了起来，我显然是抓不住了……再来一步。

放手，后退!

我这一侧的桥柱重重地砸在了壕沟边上，木屑纷飞，朝着下边滑了下去。桥身落下去后，又被弹了回来，在壕沟沿上连撞两次之后，砰的一声砸在了沟底。我的双臂垂在身侧，已经失去了知觉。

我转身朝着门洞而去，隐身咒依然管用，所以我至少还用不着担心壕沟那一侧的流矢。

来到门前，我费尽了浑身气力，这才将双手举到了右侧大铁环上，拉了拉，但丝毫没有动静。这玩意儿已经上了锁，这早在我的意料之中。不过，好歹也得试上一试，我可不是那种轻易浪费咒语的人。

我念出了咒语，这次一下用上了三个。虽然威力颇为惊人，但这咒语还是稍显拖沓。

我整个身躯为之一震，那门砰的一声荡向了内侧，犹如被一个穿铁靴的巨人踢中一般。我立刻走了进去，里面漆黑一片，双眼一时还有点儿适应不了。环顾四周，只见我正置身于一个两层楼高的大厅之中，身前左右两侧皆有楼梯，向里蜿蜒而上，连着一个设有栏杆的平台，直通二层的走廊。下面又是一条走廊，笔直地横在我身前，也连着两架楼梯，向下直通后方。决定，得尽快拿定主意……

大厅中央，用石头砌着一个黑色的喷泉，喷涌的火焰——并非水——直达半空之后，再次落入下面的石盆之中，打着旋，跳跃不休。半空中的火焰呈红色及橙色，而下面的则是白黄二色，犹如泛着涟漪的水。整个屋内，充斥着一股强大的能量气息。不管是谁，只要能控制得了这地方的能量，想必都会是一个难缠的敌手。若蒙苍天眷顾，我可不想轻易去试其锋芒。

角落处，有两个身影同时映入了眼帘，害得我差点儿浪费了一次魔法攻击。不过，他们不但没有任何动作，而且还安静得有点儿诡异。除了塑像，还能是什么……

我心念电转，一时不知道究竟是下去还是笔直向前的好。从理论上来说，将敌人囚禁在黑乎乎的地下室当中，想来要更合理一些，于是我决定下去。可就在这时，那两尊塑像再次吸引了我的注意力。此时，我的双眼已经适应了屋内的光线，得以看清其中一尊是一名白头发的男子，而另外一尊则是一个黑发女人。我揉了揉眼睛，过了几秒，这才意识到我已能看到自己那只手的轮廓。我的隐身咒，正在渐渐消解……

我朝着那两尊塑像走去。那老人的身上搭着一两件斗篷和几顶帽子，我不由得心里一动。不过，我还是直接掀起了他那身深蓝色长袍的下摆。此时，那喷泉的火光突然炽烈了起来，在那人的左腿上映出来四个字：里纳尔多。是刻上去的，真是一个淘气的孩子。

他旁边的那女人一定就是贾丝拉，这倒省去了我到下面去同那些啮齿动物打交道的工夫。抬眼望去，只见她的双臂也同样平伸，摆着防御的姿势，而有人则在她的左臂上挂了一把淡蓝色的雨伞，右臂上则是一件"伦敦雾"牌雨衣，头上搭配的正是那雨衣的帽子，只是戴得不大端正，而她一张脸，则被画得犹如小丑一般，胸前那绿色的罩衫之上，也不知被谁给别上了一对黄色流苏。

身后那火焰愈发明亮起来，我转过身去。只见那喷泉此时已将那如水般的火焰，喷了足足有二十英尺高，随后又任由它们落回那石盆当中，然后倾泻而出，漫到了石头铺就的地板上，其中最为粗大的一股，已经朝着我这边涌了过来。恰在此时，只听得楼上传来一声吃吃的轻笑。

身穿黑色斗篷，头戴风帽，双手套着臂铠，只见那名戴着钴蓝面罩的巫师，正站在上面的平台之上，一手扶着栏杆，一手正指着那喷泉。如此看来，一场遭遇战是避免不了的。原本，我是没打算同他硬碰硬来着。半空中的火苗，跳得愈发高了起来，形成了一个烈焰熊熊的火塔，当中一弯，顿时向我压了下来。我双手一举一划，选了事先早已备下的三条防御魔咒当中最为合适的一个，脱口而出。

空气中的气流开始骚动起来，在洛格鲁斯的催动下，狂风大作，几乎只一眨眼的工夫，便将那火焰倒卷了回去。我调整了一下姿势，于是它们立刻朝着楼上那巫师袭了过去。随即，他也有了动作，指挥着那火苗，跌回到了喷泉当中，渐渐衰微，最后变成了灼热的涓涓细流。

好吧，一次平手。我来这儿，可不是同这个家伙一决生死的，而是自行前来解救贾丝拉，以图能同卢克周旋的。她一旦落到我手中，那不管卢克葫芦里卖的到底是什么药，安珀都会安然无恙。不过，当我发出的厉风渐渐平息，那吃吃的笑声又起之时，我发现自己却不由得琢磨起了眼前这巫师：难道他也同我一样，在用咒语？还是身处这样一个能量中心，他已能够控制这些能量，并指挥如意？若真像我怀疑的那样是后者的话，那他实际上便拥有了源源不绝的能量源，因此若是任由他施为下去，那我的选择，要么是溜之大吉，要么只能动用我的核武——将混沌召唤出来，把这儿夷为平地——不过后者，却是我最不愿意看到的，毕竟这地方是如此得神秘，包括那巫师本身，若不能利用他们来解答那些事关安珀存亡的谜题，未免也太浪费了。

一把闪闪发光的金属长矛，在那巫师身前的空气中渐渐现出了形来，顿了顿，随即向我射了过来。我放出了第二条防御咒语，召唤出一面盾牌，将其格到一旁。

不管是用咒语还是用混沌来摧毁这个地方，对我来说唯一的好处，就是练习一下如何控制能量，同时还能按他定下的规则，让他一败涂地。不过，现在却没时间联系了。只要能缓出手来，我还有自己的事情要做。不过，我们迟早还会有一场对决。既然他已经找上门来了，既然他有可能是树林中那狼人的主子。

此刻，我无意探究这些。如果真是贾丝拉收拾了这个地方的原主子沙鲁·加卢尔，而眼前这家伙又灭掉了贾丝拉的话。还有就是，若是能弄清楚他为何要针对我的话，我会在所不惜……

"顺便问一句，你到底想要什么？"我叫道。

那带着金戈之音的声音，立刻回答道："你的血，你的魂，你的意念和你的肉身。"

"那我的集邮册呢？"我回敬道，"我能留下首日封么？"

我移动到贾丝拉身边，伸出右手，抱住了她的双肩。

"你要那玩意儿干什么，可笑的人？"巫师问道，"那是这地方最不值钱的东西了。"

"那我把她弄走你干吗还这么不依不饶？"

"你收集的是邮票，我收集的是撒野的魔法师。她是我的，接下来你也会是。"

"你专门和同行作对，又得到什么好处了？"我吼出这句话时，顿觉周围的空气一紧。

对方没有回答，但四围的空气当中突然间银光纷飞，呼呼作响——刀、斧、碎玻璃以及星状物体，破空而来。我祭出了最后一条护身咒语，混沌之帘，顿时便有一阵青烟，在我四周袅袅升起，形成了一道烟网，将我团团护住。那些锋利的东西飞到身前，同它刚一接触，便立刻化为了一片尘埃。

喧嚣声中，我叫了起来："我该怎么称呼你呢？"

"面具！"那巫师的回答，立刻传了过来，但似乎不大像是本名。我原本以为会是约翰·德·麦当娜或是噩梦专家，要不就是钻蓝铁头人什么的。哦，好吧。

就在我刚刚祭出最后一道护身咒语时，同时也举起了左臂。此时，先前藏在袖中的那张安珀主牌已经露了出来。事情顺利得有些出乎意料，但我还没全力以赴呢。目前为止，我所表演的不过是一场彻头彻尾的护身秀，而且对自己先前备下的那些咒语，很是自豪。

"那东西，是不会对你有任何好处的。"当彼此的咒语都平息下去，他又准备再次出手之时，那巫师如此说道。

"算了，祝你能有美好的一天。"我说着，双腕一转，向前一指，同时将那条能让他一败涂地的咒语说了出来。

"这叫投桃报李！"眼见得整整一个花店的鲜花，全都砸到了面具头上，将他给埋了起来，我叫道。味道还真不错。

四下里安静了下来，风平浪静。我将意念集中到了主牌上，透了进去。刚一连接上，那边便传来了动静，面具从那堆鲜花当中站起身来，活脱脱就像一个春姑娘。

想必是我已在他眼中渐渐模糊了起来，只听他说道："我还会抓住你的。"

"那就礼尚往来吧。"我说完，随即完成那条咒语，将整整一堆花肥，全都压在了他身上。

我踏进了安珀的主大厅，手中抱着贾丝拉。马丁站在餐柜旁，手执酒杯，正在同放鹰者波尔斯说话。眼见波尔斯瞪大眼睛，盯着我这边，他随即也转过了身来。

我将贾丝拉放在门口，站好。此刻，我还不打算处理她身上的咒语。我没想清楚等放了她之后，究竟该怎么处理她。于是，我将我的斗篷挂在了她身上，径直走到餐柜旁，给自己倒了一杯红酒。路过时，顺便朝波尔斯和马丁点了点头。

我饮尽了杯中酒，将酒杯放下，随即对他俩说道："你们想做什么都可以，只要别在她上边刻自己的本名就行。"随即，我去东面一间房间当中寻了一张沙发，摊开四肢，闭上了双眼。犹如踏上激流上的一座桥。那些如钻石一般闪耀的日子。那些花全都去了哪儿？

诸如这些。

第十二章

烟雾弥漫，一条巨大的蠕虫，还有许多七色的光。每一个声响，似乎都有形有质。烈焰腾空，化成一片白光，复又渐渐黯淡。闪电犹如一把把锋利的利剑。从影子而来，又归于影子。那虫子总是在爬来爬去，不曾有一刻停歇。长着狗头的鲜花，朝我扑了过来，但随即又摇起了叶子。滚滚青烟，在凌空而挂的红绿灯前，止住了步伐。那条巨虫——不，是毛毛虫——笑了。一帘细雨，缓缓落下，所有的雨滴，都有棱有角……

　　"这幅画面到底是怎么了？"我内心有个声音在问。

　　我没去理它，因为我也拿不准。虽然我也有一种隐隐的感觉，觉得这幅画面不该这样流动……

　　"噢，好家伙！默尔……"

　　卢克到底想干什么？为何总是阴魂不散？这一直是一个未曾解

决过的问题。

"看看那个，好不好啊？"

我看到了一连串亮晶晶的球状物体，兴许是流星，正在那儿跳动着，织出了一片绚烂的光网，落在了一片如云的雨伞之上。

"卢克……"我刚开口，那被我遗忘脑后的狗头花，立刻在我一只手上咬了一口，周遭的一切霎时爆裂开来，就像一幅画在玻璃上的画，被一颗子弹击中了一般。外围，起了一道彩虹——

"默尔！默尔！"

我猛地睁开双眼，见摇晃我那人，正是卓帕。而我脑袋下面的沙发，已经湿了一片。

我用一只手肘，撑起身子，揉了揉眼睛。

"卓帕……怎么……"

"我不知道。"他告诉我。

"你不知道什么？我说的是……见鬼！出什么事了？"

"我正坐在那张椅子上，"他指了指，说道，"等你醒来。马丁告诉我说你在这儿。我来是想告诉你，等你醒后，兰登想要见你。"

我点了点头，这才注意到我一只手正在往外渗血，就是刚刚被那花咬中的地方。

"我睡了多久了？"

"大概，二十分钟。"

我将双脚探到地上，坐起身来："那你干吗叫醒我？"

"你正在用主牌出去。"他说。

"用主牌出去？我睡着的时候？那东西不是那样使的。你确定……"

"很不幸，我这次是认真的，"他说，"你四周发出了彩虹一样的光芒，身体四周开始变软，渐渐淡了下来。我觉得最好还是叫醒你，看看你想做什么。你喝了什么，祛痘水？"

"没有。"我说。

"我给我们家狗喝过一次……"

"是梦，"我揉了揉太阳穴，它们已开始跳了起来，"就是这样。梦而已。"

"别人也能看到的那种？就像是数字同步影院？"

"我不是那意思。"

"咱们最好还是去见兰登吧。"他开始转身朝门口走去。

我摇了摇头："现在还不行，我得坐这儿先醒醒神。有点儿不大对劲。"

当我将目光转向他时，发现他瞪大了双眼，正盯着我后面。我转过头去。

只见我身后的那面墙，正在融化，就像是一块离火太近的油蜡一般。

"我好像撞大运了，"卓帕惊呼起来，"妈呀！"

于是，他一路尖叫着，冲出房间。

眨眼工夫，那墙便恢复了正常，毫无异状，但我却体若筛糠。这到底是怎么回事？难不成在我出来的关头，面具给我下了咒？若真是如此，又会是怎样的咒语？

我站起身来，慢慢转了一个圈。现在，一切似乎都已平静下来。我知道，这不可能是压力下所产生的幻觉那么简单，因为卓帕也看见了。这么说，我的精神确实是出了问题。这里边肯定有事。不管是什么，想必都还隐藏在这附近。四下里的空气此刻澄澈得已有些不正常起来，一切看过去，都毫厘毕现，鲜活得有些诡异。

我绕着屋子飞快地转了一圈，根本不知道自己到底该寻找什么。自然是什么也没找到。且不管它到底是什么，会不会就附在我所带回来的东西上面？难不成是贾丝拉？那具艳俗的僵尸，便是特洛伊木马？

我朝着主厅而去。沿着走廊走了不过十二步，一片交错倾斜的光网，便出现在了眼前。我强迫自己继续前行。我每走一步，那光网便退上一步，而且还在不断地变化着形状。

"默尔，快来！"是卢克的声音，但看不见他的身形。

"哪儿？"我叫道，脚下步伐丝毫未缓。

没有回答，但那片光网从中间裂开，一分为二，犹如两扇百叶窗一般，从我身旁裂了开去，露出一片刺眼的光芒，从中，我瞥见了一只兔子。随即，猝不及防间，这片景象又蓦然消失了，若不是卢克那恍若幽灵一般的笑声又持续了几秒，我会以为这一切，不过又是一场幻觉。

我跑了起来。难道正如别人多次示警的那样，我真正的敌人正是卢克？难道最近所发生的一切，都是一个阴谋，为的不过是利用我，去四界锁钥救出他母亲？莫非现在见她已经安全，于是他来了勇气，想同我来一场魔法决斗，而我，却对决斗方式毫不知情？

不，我不相信。我敢肯定他并没有那种法力。即便他有，他也还不敢轻举妄动，毕竟贾丝拉还在我的手里。

我一路奔跑，而他的声音则再次传了过来。四处皆是，而又无处可寻。而这次，他唱起了歌，正在用他那浑厚的男中音，唱着《美好的往日》。真够有讽刺意味的，他到底想干什么？

我冲进了主厅当中。马丁和波尔斯已经离开了，那餐柜上面，只剩下了两个空杯。那另外一扇门旁呢？没错，那扇门旁边的贾丝拉依然还在，僵硬地站在那儿，纹丝未动，依然搭着我的斗篷。

"好吧，卢克！咱们明着来吧！"我叫道，"别再跟我装神弄鬼，咱们把这事给了结了吧！"

"嗯？"

歌声突然停了下来。

我慢慢朝着贾丝拉走去，一边细细看了看她。除了有人又在她另外一只手上搭了一顶帽子外，完全没变。不知从宫殿何处，传来了一声呼喊。兴许，是卓帕还没缓过神来。

"卢克，不管你在哪儿，"我说，"如果你能看到，如果你能听到我，那就好好看看，好好给我听着：我已经把她弄到了这儿。看到了吗？不管你有什么阴谋，你都给我好好想想这事。"

屋内的空气顿时泛起了一圈圈汹涌的涟漪，我恍如置身于一张尚未镶上的镜框中一般，而刚才，则不知被谁给抖了一番，弄出了无数的褶皱，随后又被硬生生拉平了。

"嗯？"

什么声音也没有。

随即，咮的一声轻笑。

"我母亲，衣帽架子……好吧，好吧。嘿，多谢，哥们儿。好手段。没能早点儿联系你，不知道你已经进去了。他们屠杀了我们。我用滑翔机送了一些人进去，还有热气球。但他们早有防备。中了埋伏。后面的就不大记得了……伤心！"

"你还好吧？"

似乎传来了抽泣的声音，恰在此时，兰登和卓帕进了大厅，本尼迪克特那瘦长的身影，跟在他们身后，犹显阴鸷。

"默尔！"兰登叫我，"出什么事了？"

我摇了摇头。"我不知道。"我说。

"那是，我得请你喝一杯。"卢克的声音依稀传了过来。

一阵凄厉的风，从大厅中央席卷而过。几秒钟过后，便立刻有一个巨大的方框，居中现了出来。

"你是魔法师，"兰登说道，"做点儿什么啊！"

"我不知道这到底是什么，"我回答道，"从没见过这样的东西。像是魔法失去了控制。"

那方框当中，渐渐有轮廓露了出来，一个人。只见他渐渐稳定了下来，有了五官、衣履……一张主牌——一张巨大的主牌——悬在半空之中，渐渐清晰。那是……

我盯着自己的样子，而他们则回过头来盯着我。我注意到自己笑了起来。

"来啊，默尔。有聚会正等着你呢。"卢克的声音又传了过来，而那张主牌，则直立着，慢慢在原地转动起来。

声音，犹如银铃一般的声音，充斥着整个大厅。

那张巨牌继续旋转着，就那样在我眼前渐渐变薄，变成了一条黑线，随即又渐渐变粗，伴随着一阵涟漪，犹如分开的窗帘，露出了几块炫目的七彩光斑。从中，我瞥见了那毛毛虫正抽着水烟袋，吞云吐雾；还有那肥硕的雨伞，和一根明亮的栏杆……

一只手，从那条缝隙当中伸了出来："这边。"

只听得从兰登那儿，传来了倒吸一口凉气的声音。

本尼迪克特的剑，突然指向了那副绚烂的场景。但兰登将一只手放到了他的肩上，说："别。"

此时，半空中已经响起了一阵虚无缥缈的奇怪音乐，但听起来似乎又有些令人愉悦。

"来啊，默尔。"

"是你出来还是我进去？"我问。

"二者兼而有之。"

"你答应过我的，卢克。等你母亲获救后，你就告诉我一个秘密。"我说，"那好，现在我已经把她弄到这儿了。秘密呢？"

"关乎你个人安危的？"他慢吞吞地问道。

"关乎安珀存亡的，这是你的原话。"

"哦，那个秘密啊。"

"如果还有另外一个，我不介意。"

"抱歉，只有一条秘密可卖。要哪个？"

"关乎安珀安全的那个。"我答。

"德尔塔。"他回答道。

"他怎么了？"

"德斯克莱翠西氏的蒂拉就是他母亲——"

"那个我已经知道了。"

"……在他出生前，她曾做过奥伯龙九个月的囚徒。他强奸了她。所以德尔塔才会跟你们拼命。"

"放屁！"我说。

"我当初听到这事时，说的也是这话。当时，我还激他，问他敢不敢去空中试炼阵。"

"然后呢？"

"他去了。"

"哦。"

"这事我是最近才听说的，"兰登说道，"从派往卡什法的秘使那儿听来的。不过，我却不知道他挑战试炼阵的事。"

"既然你已经知道了，那我就还欠你，"卢克沉吟道，似乎有些心不在焉，"好吧，再奉送你们一些。早些时候，德尔塔去地球影子找过我。他突袭了我的仓库，抢走了一大批武器和特制弹药，为了掩盖自己的行径，还把那个地方给一把火烧了。不过，却叫我找到了目击者。他可能会再来的。随时都有可能。谁说得准呢？"

"又有一名亲戚来访，"兰登说道，"我为什么就不能做一回独生子呢？"

"你爱怎么办就怎么办吧，"卢克补充道，"现在咱们扯平了。把手给我！"

"你要过来？"

他哈哈大笑了起来。整个大厅，似乎都被他的笑声震得簌簌发抖。眼前的那道空隙还在，一只手抓住了我的手，一股巨大的力量传了过来。

我试图将他拉过来，但不料，我自己反倒被他拽了过去。那是一股近乎疯狂的力量，我根本就无法对抗，就在它抓住我的那一刻，整个世界似乎都扭曲了起来。群星分向了两旁，那根明亮的栏杆，又露了出来。卢克一只穿着靴子的脚，正搭在上面。

从身后某个遥远的地方，传来了兰登的呼声："B-12!B-12!出发！"

……随后，我便想不起来究竟出过什么问题了。那似乎是一个美妙的所在，不过，我可真笨，竟然将蘑菇误认成了雨伞……

帽匠给我倒上了一杯酒，又把卢克的杯子添满，我将一只脚，也搁到了那栏杆之上。卢克指了指左边，三月兔的杯子也被续满。傻蛋先生也很好，稳稳当当地坐在下首。双胞胎、渡渡鸟和青蛙仆人，正在不停地演奏着音乐，毛毛虫则在继续吞云吐雾。

卢克拍了拍我的肩膀，我试图回想起点儿什么，但总是让它溜走了。

"我现在已经好了，"卢克说道，"一切都好了。"

"不，还有些东西……我想不起来……"

他举起了他的啤酒杯，同我的碰了一下，发出了当的一声脆响。"享受吧！"他说，"人生如戏，老伙计！"

我身旁凳子上的那只猫，只是在不停咧嘴而笑。

马上扫描读客图书二维码，

并回复"混沌之兆"，

就可以试读《安珀志8：混沌之兆》的精彩章节！

还有更多有趣的赠书活动等你来参加！

全球文化，尽收眼底；顶级经典，尽入囊中！

请锁定"读客全球顶级畅销小说文库"。